奇幻系

天馬行空 破格創新

天行者出版
SKYWALKER PRESS

JM的無以名狀事件簿：

可恨現實

The Storyteller R

尾聲：暴露在眼底下的暗

JM來到那座樓高四層的深棕色建築物旁邊時，剛好是十一時五十九分。確認過時間之後，他便把口袋中的那張便條拿出來，再次細看。

「午夜十二時，都會女子學校。」

上面的確是這樣寫著。不過在JM看來，上面還多了一個日期。

「你好，」一個爽朗的聲音從後傳來：「我們是初次見面呢，JM。」

JM轉過頭，那個少年就站在他面前，他看來就只是個十來歲的孩子，和莎芙倫一樣有著亞洲特色的臉，不過頭髮卻是漂染得來那種鮮紅色。

「先自我介紹吧，我姓樊，」那少年說：「不過我想你應該知道了。」

JM再次從頭到腳地掃瞄著眼前的樊先生，不過除了有種說不上來的違和感之外，他卻沒看出樊先生有甚麼異常之處，站在他面前的，彷彿就是個普通男孩。

「別廢話了，你到底想怎樣？」JM說得毫不客氣。

「我的東西，」樊先生倒是處之泰然：「你帶來了嗎？」

「這個嗎？」JM從懷中取出一面青銅框架的手持鏡子，上面雕刻的蛇、惡魔，還有食屍鬼和精靈，都是那麼精美，栩栩如生。

「還給我，」樊先生笑著，向JM伸出手：「我可以告訴你情報。」

「這種東西我也沒打算留著，準不會帶來甚麼好運。」JM走到樊先生面前，把鏡子放在他手中：「好吧，你到底是甚麼東西，為甚麼要把這種詛咒之物帶到這世上來？」

「你原來是想問我的事嗎？」樊先生笑得很燦爛，讓他看起來更加孩子氣：「我還以為你一定是想知道雪樂爾的事情呢。」

「甚麼？你說雪樂爾．荷姆斯？」

「你不是一直認為現在的事件和格雷當年在伍德海恩斯學院犯下的事件有關嗎？」樊先生笑盈盈地把鏡子藏到他身上那件衛衣前方的口袋：「我還想嘉許你呢，你完全猜對了，這兩件事，也是雪樂爾的計劃啊。」

「你說甚麼？荷姆斯的計劃？」JM顯得非常急躁：「她人在那兒了？為甚麼要這樣做？」

「對了，她為甚麼要這樣做呢？」樊先生直勾勾地盯著JM：「你說，她到底為甚麼要做出那樣的事來呢？」

「慢著，」JM的腦袋一轉，也回復了他一貫的冷靜：「我為甚麼要信你了，我在追查荷姆斯的死這件事，根本就不是甚麼秘密，隨便也可以用來胡扯一番。」

「不過我倒是想問你一句，」樊先生也沒被JM唬到：「靠著火光投射的影子才看見那個所謂真實世界，就真的是現實了嗎？」

反而是JM因這個問題而怔住，的確，從他獲得了這種視力開始，便從來沒有懷疑過，倒不如說他太過相信眼前所見之物，甚至一度把自己逼向瘋狂。

「這是個好問題吧，請慢慢思考，再見。」

樊先生正要離去，卻又停住了腳步。

「對了，」樊先生回頭時，臉上掛著的是個無比親切的笑容：「她叫我提醒你，得好好使用她的放大鏡，別浪費了。」

JM本能地摸了摸自己左胸前的口袋，待得再次抬頭，樊先生已經從他眼前，完全消失蹤影。

後記

得再一次感謝讀到這兒的每一位。沒想到今年的情況比去年還更嚴峻，在這樣艱辛的環境下，這個故事依然能有機會呈現在各位眼前，實在是非常難得。當中有許多人曾經向我提供協助，請容許我在此表達謝意，感謝你們。

先介紹一下現實這個故事吧。現實是緊接在童話之後的一部續作，不過要算起來的話，現實的故事原型比童話更早出現，當中的很多元素和背景設定，也是在童話之前就已經決定下來，儘管下筆還是故事時間線也在童話之後，但說到概念的話，其實是以現實為首，女學生連環自殺事件才是我為JM想的第一個故事。而且因為寫下童話時，我是以簡單明快為首要目標，所以也把部分原本打算在上作中交代的元素抽起，改為在這個故事中詳述，所以童話和現實是兩部關係十分密切的故事，希望讀過童話卻仍有疑問的讀者們可以在現實這個故事中找到更多說明，同時要是讀完現實覺得還可以，卻沒接觸過童話的

目錄

推薦語

香港推理小說作家　莫理斯

美國作家霍華德・菲利普斯・洛夫克拉夫特（Howard Phillips Lovecraft, 1890-1937）所創作的克蘇魯神話（Cthulhu Mythos），跟大偵探福爾摩斯一樣，是近代流行文學最先出現「共通宇宙」（shared universe）的作品。

柯南・道爾（Arthur Conan Doyle, 1859-1939）最初出版的兩部福爾摩斯中篇小說迴響不算大，但當他把筆下神探的故事轉型以短篇小說為主之後，便馬上風靡無數讀者，而在版權沒有那麼嚴謹的百多年前，許多或致敬、或盜用的作品便應運而生；最出名的例子，是法國作家莫里斯・盧布朗（Maurice Leblanc, 1864-1941）挪用了福爾摩斯來跟自己的紳士怪盜阿森羅蘋鬥智鬥力（當然是讓英國神探處於下風），後來因為柯南・道爾采取法律行動，盧布朗才把故事裏出現的Sherlock Holmes名字稍改為Herlock Sholmes。

洛夫克拉夫特遠遠沒有那麼柯南・道爾，他所寫的故事在他有生之年只受到少量讀者的歡迎。但即使是這樣，他混合了奇幻、科幻和恐怖等不同文學類型而編織出來宏大虛構宇宙，及其融入當時極為流行第一次世界大戰後悲觀虛無主義，吸引了一些同期作家取材於他的克蘇魯神話來寫故事，進行我們現在所謂的「平行創作」；而在洛夫克拉夫特去世後，堪稱他得意弟子的奧古斯特・德雷斯（August Derleth, 1909-1971）更成立了出版社，確保洛夫克拉夫特原作不會絕版之餘，亦讓自己和其他新一輩的作家可以延續這個引人入勝的共通宇宙。

時至今日，洛夫克拉夫特對奇幻恐怖類型文學的影響，不亞於柯南・道爾對偵探推理文學的影響。恐怖大師斯蒂芬・金和奇幻鬼才尼爾・蓋曼的作品中，便經常可以見到克蘇魯神話的影子；蝙蝠俠漫畫及影視版裏囚禁精神失常罪犯的Arkham瘋人院，名字便來自洛夫克拉夫特故事裏經常出現的新英格蘭城鎮（德雷斯創辦的出版社亦叫Arkham Press）；經典科幻電影《異形》裏面的恐怖外星怪獸，原設計來自瑞士藝術家H.R. Giger受克蘇魯神話裏《死靈之書》啓發而題為*Necronomicon*的畫作；而近年爆紅的原創網劇*Stranger Things*及改編自暢銷小說的*Lovecraft Country*，更是或多或少地直接向洛夫克拉夫特致敬。

我認識Storyteller R不夠一年，但初次見面時（起碼在我而言）已有一見如故的感覺，其中一個理由應該是因為大家都不約而同采用re-mix手法作為主要寫作理念之一。（另外一個理由是R是我在香港碰到的第一個會玩*Dungeons & Dragons*傳統桌上紙筆RPG

遊戲的人，但這是題外話。）我在拙作《香江神探福邇，字摩斯》裏嘗試的re-mix，是把福爾摩斯化身為清末在香港探案的華人偵探，再加入一些真實歷史和武俠小說元素；而Storyteller R在成名作《可惡童話》的re-mix手法，則是除了把偵探推理懸疑融入到克蘇魯式奇幻恐怖之外，還非常成功地混合了西方和亞洲（包括香港本土）的人魚傳說。

效果如何呢？讓我這樣說吧：我去年認識Storyteller R的時候，《可惡童話》已經是第四屆天行者小說賞的得獎作品，而我則一個獎也仍未曾拿過，嗚嗚嗚。

在這本續集《可恨現實》裏，Storyteller R繼續展延上一集獨特的歐亞合璧風格克蘇魯式奇幻推理。這個小說系列叫做《JM的無以名狀事件簿》，名稱中「無以名狀」一詞，便正帶出克蘇魯神話裏非常關鍵的一個中心概念。上文也提過洛夫克拉夫特作品背後的悲觀虛無主義，他的風格常被形容為「宇宙性恐懼」（cosmic horror），是因為它所强調的恐怖最終來自人類根本無法以我們有限的思維去理解自己身處的宇宙，亦沒可能以人類渺小的存在來面對這個我們對它根本微不足道的宇宙。「無法形容」、「無法解釋」、「不可知」之類的詞語不斷在洛夫克拉夫特的故事中出現，而主角若非身死便大多發瘋收場，就是這個原因。

克蘇魯共通宇宙裏經常出現的一本虛構作中作《無名祭祀書》，在洛夫克拉夫特原著中的德文原名是*Unaussprechlichen Kulten*，作者把書名英譯為*Nameless Cults*「無名的教派」，中文譯名也依循這個意思。但其實這是誤譯，因為德語“Unaussprechlichen”一字應該翻譯為“unspeakable”「不能啓齒」才對，原義同時包含「無法形容」、「發音難讀」和「不堪説出口」幾個意思，所以可説是原作者誤打誤撞地采用了一個更適當的字詞來配合他書中世界那種無以名狀的宇宙性恐懼的。

又或是膜拜克蘇魯的教徒，對他們神祇進行祭祀會誦唄如下的禱文：“Ph'nglui mglw'nafh Cthulhu R'lyeh wgah'nagl fhtagn”看過英文原著或中譯本的讀者，知道這句直譯是「在永恒的宅邸『拉萊耶』中，長眠的克蘇魯候汝入夢」。但原文到底是什麼語言，是屬於人類世界的還是來自異次元或外太空的？正確的發音是怎樣，應該如何朗讀出來？就算在資訊發達的二十一世紀，粉絲仍然在網上爭論一番。這便是滲透著克蘇魯神話的多層次「不能言喻」感覺，也正是它的魅力所在。

在《JM的無以名狀事件簿》系列這第二集裏，上次出現的女主角莎芙倫和神秘莫測又脾氣古怪的偵探JM再度登場。在這裏忍不住順帶一提，作為一個超級福爾摩斯迷，我對“JM”這個縮寫到底代表什麼名字，自然有一番理論。本書裏一個碰巧也是叫「莫里斯」的角色在一句對白中喚他作「詹姆斯」，這個（雖然十分常見的）前名又真的跟我的猜測吻合，

難道這位神秘偵探的真正身份是……？

系列上一集名叫《可惡童話》，這一集則題為《可恨現實》，可見作者明顯地以「童話」來跟「現實」作為對比，亦意味著故事的將由前者伸延到後者所代表的更廣闊世界觀。若說上集環繞著人魚傳說的主題元素是「水」，這一集的主題元素則是「火」。本書一開場即提到的火神克圖格亞（Cthugha），並非洛夫克拉夫特的原創，而是他愛徒德雷斯後來加入克蘇魯神話裏面的Great Old One（中譯「舊日支配者」），這也正好代表了Storyteller R在自己這部作品裏，也繼續把嶄新和獨特的元素增添到這個共通宇宙之內。一篇既屬於香港人、但又充滿國際色彩的克蘇魯神話新章節，馬上展開！

楔子：深埋於洞穴中的光

在這個美麗又灼熱的星球上，有一種以雙腳直立的動物，稱為人類。

人類是一種十分渺小的生物。他們的軀體不夠強壯，短小幼細的四肢比枯枝更加脆弱，單薄的肌肉和結構差劣的骨骼限制了他們的動作，軟弱無力的心臟更是一掐就碎的程度，但最不濟的還是他們的感覺器官，嗅覺、聽覺、味覺、觸覺，通通弱小得幾乎等於無用，還有必須要在有光的情況下才能起作用的視覺，這些感知都是那麼虛弱而不可靠，以人類這樣的體質，根本就是食物鏈中的最低層，要和地面上其他生物競爭，勢必只有滅絕一途，要生存下來，就只好轉移到地下生活，就是安全，但黑暗的地穴。

可是漆黑帶來的就是冰冷和盲目，人類在地穴之中僅是苟延殘喘。寒冷還可以用聚集起來互相取暖的方式來克服，可是失去視覺，這才是人類最痛苦之處。沒有了能感知外界的手段，人類便會自覺與周遭失去聯繫而極度不安，他們會自行創造出虛假而扭曲的幻象，建構根本就不存在的事實。

幸好，火出現了。火焰熾熱明亮，不單為人類帶來了熱量，還有更易於消化的熟食，然而最重要的，是火所帶來的光，再一次活化了人類的視力。火焰在人類背後提供著無限度的支援，火焰發出的光更會把世間萬物的影子投射到地穴的石壁之上。影子千變萬化，更涵蓋世上一切真理，人類只需要觀察影子，便能輕易理解世上萬物的本質，更可以從影子晃動的方式和頻率，推算一切事物的運動法則。

人類甚至相信自己的族群，已成為這個星球上一切生物的主宰。

正是因為那團火焰賜予人類的恩惠，他們才能僅僅置身地穴之中，仍可掌握世界。人們對火焰這個至高存在既敬且畏，雖然火焰過於強大，沒有人類能以其肉眼直視，但從火焰而來的光，還有其投射於石壁上的影，他們已能得知火團正是至高神明，而在祂眷顧之下的人類，則必須流傳、崇拜、並歌頌那團火的名字。

祂的名字是——克圖格亞。

1 鏡子

莎芙倫一直在床上輾轉反側，她整晚也處於半睡半醒的狀態，基本上可以説是沒有睡過。

她爬起來，發現天還未亮，便伸出手往右邊的床頭櫃摸去。她本想找電子鐘看看時間，卻怎樣也摸不到她心中所想那個方型物件，這才想起電子鐘並不在右邊。莎芙倫顯然還未熟習物品擺放位置，才會記錯了。

這到底是甚麼房間啦，莎芙倫不禁在心裡埋怨。

也不知是怎樣的人才會把睡房佈置成這個樣子。天花也好，地板也好，牆壁也好，就連房中所有傢俱，通通不是深灰就是黑色，一點溫暖感覺都沒有，更甚的是只要拉下厚重的黑色窗簾之後，房間便會黑得伸手不見五指。莎芙倫並不喜歡這樣的裝潢，她不知道這叫格調還是品味，只知道這樣漆黑的環境著實會造成生活上的不便，也不知原主人腦子裝了甚麼才把睡房設計成這樣，難道那人夜裡從不起來嗎？

但最令莎芙倫不滿的，還不是房間的色調，而是氣味。

房間充滿著陳年菸味，非常刺鼻，明顯是有人持續多年在室內吸煙才可以累積到這種程度。雖然莎芙倫連自己的行李都未安放好，已經率先把房間徹底清潔過，又把床單、枕袋、窗簾等都全部清洗一遍，但那種頑固的味道卻依然殘留著。莎芙倫也知道自己有認床的問題，但她總覺得這陣陌生的味道才是令她不能好眠的主要原因。搬進來已經一星期有多了，每一晚她也睡不好，當然也包括今晚。

「早知這樣，我就死也不答應睡這間了。」莎芙倫嘀嘀咕咕。

當日莎芙倫搬進JM的家，正要討論她該使用那個房間時，JM那一臉不屑的樣子，她仍歷歷在目。

「書房絕對不行，別說讓你住在裡面，你連進去也不行。」

JM滔滔不絕地解釋著他家裡的規條。

「客廳也不行，我經常需要在這兒和客人會面，不可能把你的私人物件放在這兒。」

「那我該睡那兒了？」

「就說嘛，我這兒根本沒有多餘地方收留你。」

JM的眉心都擠出峽谷來，連眼睛也瞇成一線，沉默了良久，他才慢慢地説。

「算了，你住我的房間吧。」

「這樣不好吧。」莎芙倫想也沒想便推搪著。

「那我沒辦法了，你另外找地方住吧。」JM的回答也幾近同步。

莎芙倫的父母剛剛過世，連原本住的家也已經燒成灰燼，考慮過各種可能性之後，她才住進了JM的家，現在説要另外找地方住的話，也實在有不少難度。

就這樣，莎芙倫只得勉強住進了這間原本屬於JM的睡房。

莎芙倫終於在左邊的床頭櫃上找到那個電子鐘，憑著指尖的感覺按下頂部那按鈕，漆黑的鐘面才亮起了顯示時間的白色數字。

「甚麼？原來快七時了嗎？」

房間太黑，莎芙倫實在無法察覺到時間。她離開了那個完全不舒適的被窩，靠著鐘面那僅有的光源才能勉強走到窗邊，當她掀起那又厚又重的黑色窗簾，窗前卻有一隻黑得發亮的大鳥，那雙漆黑的圓眼睛一轉停在莎芙倫身上，更是呱呱大叫不停。

「天啊，這烏鴉到底在吵甚麼了？」莎芙倫一臉厭惡，趕緊重新拉下窗簾：「都睡不回去了吧，乾脆起床好了。」

雖然昨晚睡得不好，但莎芙倫還是想盡量保持好心情。她掠過了仍裝滿了屬於JM的衣服那衣櫃，來到自己那個不算太大的背包前，從裡面拿了件薰衣草色的衛衣和一件深藍色的牛仔褲換上，然後梳好自己那頭柔順的黑髮，才把它們綁成高馬尾，最後當然得別上那個淡紫色的小花髮夾，上面刻的這種小花叫藏紅花。

這個髮夾一直都是莎芙倫的寶物，現在更多了一重意義，這是母親留給她的珍貴遺物。

梳洗過後，莎芙倫來到廚房。她打開冰箱，拿起她買回來的雞蛋和香腸，忽然出現了一個奇怪的念頭。

「怎麼說他也收留了我，」莎芙倫笑了笑：「由我來示示好吧。」

先把鍋子燒熱，再澆點油，然後下雞蛋。因為要照顧母親的關係，莎芙倫自幼已經懂得烹飪，煎雞蛋甚麼的對她來說只是小菜一碟，而且她還得到父親真傳，連複雜的中國菜也能煮得頭頭是道。雖然她自小已在倫敦長大，卻更喜歡中式食品，可能這是因為她的父母都來自香港，這種對食物的偏好早已刻在她的血液裡。

「差不多好了，加點鹽巴就行。」

很可惜，這廚房並不怎麼人性化，調味料都不是放在爐子旁邊，會這樣放的人肯定都不常下廚。莎芙倫得走幾步，才來到調味料架旁邊。

「鹽巴呢？」

調味料架上整整齊齊排著一瓶瓶不同的調味料，偏偏就在中間空出了一個位置。

「奇怪了，鹽巴到底放那去了？」

莎芙倫找不著鹽瓶，為免雞蛋變焦，便打算先回爐旁關火，她這才注意到爐面旁放著那個玻璃瓶子，裡面裝有一些白色的幼細顆粒，正是她想找的鹽巴。

「咦，剛才就在這兒的嗎？」

莎芙倫沒再在這個問題上糾結，爽快地把適量的鹽灑到煎得香脆的雞蛋上。

「對了，他好像喜歡咖啡的，也泡一下咖啡吧。」

莎芙倫回頭打算去燒水，卻發現兩杯熱騰騰的咖啡早已放在吧台之上。

「這是甚麼了，智能家居嗎？」

莎芙倫疑惑地看了看這個陳設老舊的廚房，又看了看那兩杯咖啡，杯口還冒著白色的熱氣。

「算了，去叫他起床吧。」

雖然還有點搞不懂狀況，不過莎芙倫不打算多想了。書房的門其實就在這個開放式廚

房的入口旁邊，一踏出去，就來到現時JM的房間門前。

咚、咚。她禮貌地叩了門，但卻沒有回應。

「JM。」莎芙倫喊著，又再叩了門。

可惜仍是沒回應，裡面連半點動靜也沒有。

「嗨，JM，快點起來。」莎芙倫索性放盡嗓門，還用力地敲打著木製的房門：「我做了早餐啊，快起來吃吧。」

房門並沒有很厚實，用力敲打的話聲音也的確響亮，莎芙倫就持續叩著門，讓那些咚咚的聲音響個不絕。可是她的手都酸了，還沒有回應。

「天啊，那有人這麼愛睡的，我進去叫他好了。」

莎芙倫喃喃說著，還打算直接打開房門，可是就在她的手正要觸到門把的一刻卻落空了。房門猛地從裡面被打開，後面出現了JM猙獰的臉。淡金色的瀏海亂七八糟地蓋住他的前額和帶著紅筋的雙眼，身上的圓領汗衫也穿得歪歪斜斜，和他一貫的筆直黑襯衣西褲完全不同。

「女士！」JM大吼著，嚇得莎芙倫整個人退後了一步：「你知道現在幾點鐘嗎？今天是星期天耶！再多一條規則，不可以在對方睡覺時發出滋擾的噪音。我的睡眠時間可是很珍貴的，跟你這種悠閒的大學生完全不能相比，明白嗎？」

JM連氣也沒透一口，只是高聲地吼個不停，莎芙倫根本沒心去細聽他說甚麼，只覺得眼前這個人比剛才窗前那隻烏鴉還更煩人吵耳。

不過JM也沒給莎芙倫任何答話的時間，已轉身回到他的書房中。而他關門時所造成的巨響，肯定就是他自己所說那種滋擾的噪音。

一眾船員聚在一起用餐，剛才還有說有笑，大副卻突然臉色一變，還不斷咳嗽。他全身上下都抽搐得厲害，其他船員以為他是癲癇症發作，只得合力把他按在桌上，然而就在眾人忙著讓大副安靜下來，一道鮮血卻從他的肚子中噴射而出，噴到所有人的手上，還有臉上。就在眾人大吃一驚退開之際，大副那湧著鮮血的腹部從內破開，那一隻血淋淋的生物從那個被撕裂的傷口中冒出頭來。

沒有人能說出這是甚麼生物，誰也沒有見過像這樣的東西，而牠正對在場所有船員張著牙，似乎在告訴他們，每一個人的下場，都將會和大副一樣。

喀嚓。

莎芙倫半躺在沙發上，她故意沒有亮起客廳的燈，好讓自己能更集中到螢幕上的畫面。她呆瞪著螢幕，又伸手到面前的大碗中抓了一把爆米花塞進口中，喀嚓喀嚓地大口咀嚼，驚嚇血腥的畫面完全沒有影響她的食慾，因為她根本就沒把心思放在電影之上。

搬來這兒快一個月，現在莎芙倫差不多每晚也像現在這樣，獨佔整個客廳。無論是在這兒趕著寫課業論文，還是和朋友在網上聊天，又或像今晚這樣看看電影消閒一下，莎芙倫通常都會選在客廳這兒，因為到現在，她還是不習慣那原本不屬於她的睡房，裝潢、燈光、氣味，通通都令她感到不是味兒。

不過這就奇怪了，當初她那位囂張跋扈的室友，不是鄭重聲明過需要用客廳來工作，所以才不可以讓莎芙倫隨意使用嗎？

這些日子以來，JM 大部份時間也躲在他的書房裡，莎芙倫只見過他出來拿咖啡和上廁所，也不知他是不是真的在房裡忙著工作。不過唯一可以肯定的是，他說過的客人，一次也沒有出現過。

「他到底是怎樣了，」莎芙倫用力地嚼著爆米花：「真的有在工作嗎？」

「咦？」突然有輕微的聲響傳進莎芙倫耳內，扑扑一聲，像是甚麼東西在燃燒似的：

「甚麼聲音了？」

雖然聲量極低，但已足以引起莎芙倫的警覺。

「不是電影傳來的吧？」

莎芙倫按下暫停鍵，播放中的畫面立即靜止，也中斷所有演員對白和背景音樂。客廳一片幽暗，更突顯了整個房子完全寂靜，一點聲音也沒有。

「難道是廚房有甚麼東西沒關好？」

單憑螢幕發出那點光，莎芙倫走到廚房，她仔細檢查過電器和爐具，無論那一件都在安全的關閉狀態。莎芙倫才放下心，低頭卻發現水龍頭那金屬製的光滑平面之上，反射出晃動的光影。

莎芙倫馬上意識到，這代表她現時正背對的客廳之中，肯定有甚麼東西在動。

電影畫面肯定是靜止的，不然應該就有聲效一同播放，而客廳中就只有她一個人，正確來說是應該只有她是活物，絕對不可能有東西在她背後移動。老鼠嗎？剛才的聲音跟老鼠完全不一樣，而且直覺告訴她，可不是老鼠這麼簡單的東西。

恐懼一下子決堤而來，淹沒了莎芙倫的理智，她不敢回頭確認身後的到底是甚麼，只得尋求現時唯一可能的協助。

「JM！」莎芙倫用力地敲打著開放式廚房旁邊那扇長期關上的門：「JM！」

「不好了，家中似乎有些甚麼，你得出來看看。」

莎芙倫喊著，連呼吸都已變得急促。

「JM，你聽見嗎？」

莎芙倫敲著門的手仍沒停下來，終於等到門打開的一刻。JM瞥了瞥她才走出來，還煞有介事地關上房門。

「你怎麼了？」

「客廳……客廳好像有甚麼在動。」

「有甚麼好大驚小怪了？」

雖然嘴上埋怨著，不過JM的心情似乎不錯，他的瀏海向後梳理整齊，黑色襯衣也如常平整挺直，更揚起了左邊嘴角。他抬頭看了莎芙倫所指的客廳：「搞甚麼了？黑漆漆的。」

接著他便完全沒理會擋在他面前的莎芙倫，往客廳方向走去。

「剛才我在看電影，」莎芙倫見他毫不在乎，便立即跟上去想要繼續解釋：「然後便聽見有怪聲，走到廚房看看，卻看見有些影子在動。」

「影子？」JM已經走到客廳另一端的大門旁，更隨手亮起客廳的燈：「把燈亮起來就沒有影子了，不是嗎？」

「不是的，真的有甚麼奇怪東西——」

「最奇怪的，不就是你嗎？好了，現在沒事的了。」

莎芙倫還想說甚麼，不過在她開口之前，JM又接著說：「別再搞事了，幫我泡杯咖啡吧。」

「甚麼？泡甚麼咖啡？我說這間屋子有問題啊。」

「我可不是跟你說。」JM揚起嘴角，那是個任誰看了也覺得不懷好意的笑容：「總之有甚麼問題，你把燈都亮起就好了。」

甚麼叫把燈亮起就好？莎芙倫聽得傻了眼，但看著JM那副從容不迫的樣子，又真的好像只是小事一樁，是自己太敏感嗎？

「沒事我就回去了。」JM笑著：「有事也別再叫我，明白嗎？」

莎芙倫心中的不安絲毫沒有減退，應該說，她的室友那個意味不明的笑容，才是讓她最不安的真正原因。

「甚麼叫作有事就把燈亮起來？」莎芙倫一邊埋怨著，一邊把家中的窗簾通通都打開，盡量使最多的陽光射進屋裡：「聽那傢伙的話，意思就是這兒根本有問題吧。」

經過一夜輾轉難眠，莎芙倫想了又想，始終也覺得JM的態度很有問題，重點是他叫人泡咖啡，但又不是跟莎芙倫說，那意味著甚麼？唯一的結論就是屋子裡還有別人，其他莎芙倫看不到的人，而且JM已經清楚知道，卻沒打算要處理。

既然還要繼續在這兒生活下去，這些問題又怎能放著不管？JM不處理的話，那就只好自己來。莎芙倫嘆了口氣，她實在不明白JM到底在想甚麼。然後她忽然想起，對於JM這個人，曾經有人對她作出過一句忠告。

「這傢伙很難相處的，又小心眼，甚麼也懷疑一大遍，說話永遠只說一半，常常不知道他想說甚麼。」

說這句話的人是路爾斯，是JM的好朋友。果然，他這句話一點也沒說錯，莎芙倫現在自己也親身體會到。可是現在說甚麼也太遲了，莎芙倫搖搖頭，才把床上的被子和枕頭收拾起來。

陽光是最好的消毒方法，不管是物理上的細菌，還是其他解釋不來的霉氣。這是莎芙倫的爸爸教給她的傳統智慧，以前她要是覺得家裡有甚麼不妥，爸爸也總會陪她把屋子打掃一遍，就像現在這樣打開所有窗戶讓陽光進入，然後就是把被子、床單等布料都拿到太陽底下曬一曬。然而問題來了，這兒不像她的舊居那樣有陽台，這種排屋並沒有戶外空間，屋後雖然是有一個小小的位置被欄柵圍起來，勉強能稱作後院，但使用權屬於地下的住戶，而JM的家卻位於二樓。

不過這點小問題是難不倒莎芙倫的，她一把將被子床單甚麼都塞進污衣籃中，提起籃子就往樓下跑。

住在樓下的是位單身女性，年紀可能比莎芙倫大上幾年，名字是艾莎．納奇沒錯，莎芙倫深呼吸了一口，便敲了門。開門的女性雖然披著一件毛絨絨的晨袍，深金色的長曲髮造型精緻，臉上也已經畫上亮麗的妝容，倒不像是剛睡醒的樣子。

「早安。」莎芙倫搶在對方開口前說：「我叫莎芙倫，是住在樓上的。請問你是納奇小姐嗎？」

「沒錯，我就是納奇。」艾莎那雙藍眼睛充滿疑惑，不過莎芙倫早就習慣這種視線，普遍的人也會用類似的目光來看亞洲長相的她：「請問有甚麼事？」

「抱歉打擾你了。」莎芙倫提起了她手中的衣籃：「因為我才搬來不久，剛剛進行過大清潔，有些床單被子需要曬晾，請問可以借用你的後院嗎？」

「原來是新鄰居嗎？」艾莎一聽到搬來不久這一點便立即露出了笑容：「當然可以了，請進來吧。」

艾莎拉直了門，又退開一步讓莎芙倫進到她的家中。客廳陳設簡單雅緻，還帶有一點肥皂那樣的清新香味，莎芙倫特別喜愛她坐著那張藍色沙發，又柔軟又舒服。沙發下忽然鑽出一團黑色毛球，原來是隻小小的禮服貓，那雙圓圓的金眼睛正好奇地看著這位陌生的來訪者。

「嗚嘩，好可愛。」莎芙倫忍不住伸手去讓小貓嗅了自己的指尖：「納奇小姐的貓咪嗎？牠叫甚麼名字？」

「她叫露娜，很親人很可愛對吧。」

「嗯，我自小就喜歡動物，可惜一直沒機會養。」莎芙倫大著膽子摸了露娜黑色的背部：「我還可以來陪露娜玩玩嗎？」

「當然可以了。」艾莎見莎芙倫和露娜親近，也很高興：「莎芙倫對嗎？你也叫我艾莎就好。」

「謝謝你，艾莎。」

「對了，你說你住樓上對吧？」艾莎側著頭：「你是甚麼時候搬來的？原來樓上那怪人搬走了嗎？怎麼我都不知道呢。」

「怪人？」莎芙倫聽見艾莎這個稱呼，只感到尷尬，雖然她也認為這個稱呼其實還真貼切：「你指JM對吧？他沒有搬走，是我住在他的房子裡。」

「甚麼？」艾莎的笑容退減了大半：「你難道是那人的——」

「不是。」莎芙倫已猜到艾莎要說甚麼，立即打斷了她：「這件事要說的話是個很長的故事，簡單來說就是我的父母最近意外過世，所以我暫住在他的家中。」

「抱歉聽見這樣的消息，但我也得直話直說，我並不想跟那種人有任何來往，自助洗衣店裡有乾衣機，相信能解決你的問題。」

艾莎的態度突然一百八十度大轉變，莎芙倫當然是完全不明白。

「不好意思，」她只得硬著頭皮，直接詢問：「請問是JM曾經做過甚麼事，讓你不愉快嗎？」

「要說特定的一件事，也可以說是沒有……」艾莎把雙手交叉環在胸前，又繼續說：「不過那人十分奇怪，看人的眼神毫不友善，老是直勾勾瞪著別人看。而且他家中經常發

出怪聲，還要都是大半夜中。還有氣味，他的家老是散發著甚麼可疑的氣味。」

莎芙倫低著頭，她十分清楚艾莎所說的，句句屬實。

「而且他住在這兒幾年了，我連他的全名叫甚麼也不知道。」艾莎越說越不屑。

莎芙倫又再一次不能反駁，JM 的全名叫甚麼，連她自己也不知道。

「那有這樣不懂禮貌的人，連名字也不能說，我看他肯定是在幹著甚麼不見得人的勾當吧。」

「這個……」莎芙倫只得向艾莎澄清：「其實他是個偵探，可能因為工作關係，人才變得有點神經兮兮吧。」

莎芙倫擠著笑容，卻連自己也感到尷尬。

「偵探？」艾莎擠了擠眉頭：「只是不務正業的藉口吧。」

「不是的，我看他在偵察能力方面應該還可以，尋人也好尋物也好，也有不少客人專程上門委託他啊。」莎芙倫硬撐著說：「不如這樣吧，我們免費幫你解決一個委託，以作為借用你後院的謝禮吧，你最近有甚麼煩惱嗎？」

「不必了。」艾莎一口拒絕：「我沒甚麼要找的，謝謝了。」

「請給我一個機會好嗎？艾莎。」莎芙倫態度誠懇：「我也知道夜裡他家中會有點怪聲，我正是要解決此事。然後我也會要他檢討一下對待鄰居的態度，一定會有改善的。」

艾莎眨眨眼，只嘆了一口氣。

「看在露娜的份上，讓我試試好嗎？」莎芙倫知道這正是繼續勸說的好機會：「而且我們這麼投緣，我想你一定願意幫我的忙。」

艾莎見莎芙倫這樣鍥而不捨，也不願和她糾纏。

「算了，院子你就用吧，那扇門出去就是了。」

「這可不行，我總不能白白佔你的好處吧。」莎芙倫卻說：「真的沒有甚麼我們能幫得上嗎？就算是再小的事情也行啊。」

「這樣嗎？我想想……」艾莎沉默了一會：「可能還是有一件事——」

「是甚麼？」莎芙倫興奮得打斷了艾莎的話：「請詳細告訴我吧，我一定能幫上忙的。」

「是一面鏡子。」艾莎說：「我最近遺失了一面鏡子。」

「你硬把我從房間叫出來，說的就是這種事嗎？」JM把面前那杯已經冷了的咖啡一口

氣喝完：「那麼我的回覆是：不。」

JM說著，還從沙發上站起來。

「慢著。」莎芙倫見他就要離去，情急之下伸手拉住了JM黑西服的衣袖：「你先聽我說完嘛。」

「我已經聽了很久。」JM勉強停住腳步：「不就因為你想跟樓下那個女的打交道，於是想利用我幫她找鏡子吧。我再說一次，不。」

「別說利用這麼難聽嘛，我們始終是鄰居，應該和睦相處才對啊。」莎芙倫當然沒有放手，她很清楚只要她的手一鬆，JM就會立即逃掉：「再說，艾莎也答應了，如果找到的話會給我們一點酬勞，不會要你白工作啦。」

「甚麼一點酬勞？你以為我稀罕嗎？」

「你不缺錢嗎？我看你差不多整個月沒工作耶。」

「誰說我沒工作了？」JM大呼，還甩開了莎芙倫：「我的工作可多著。」

莎芙倫卻看著JM笑而不語。

「再說，她那面甚麼鏡子，一張照片也沒有。」JM只得繼續說話來避免跟莎芙倫的乾對望：「連是何時弄丟，怎樣弄丟也不知道，你說要怎麼找？」

「不是有很詳細的描述嗎？」莎芙倫在懷中拿出筆記，逐一說出上面記下的重點：「那是一面手持式的鏡子，鏡面就只有一個巴掌左右的大小，框架是青銅製的，而且有精緻的雕刻，由於是外婆留下來的，所以看上去有一定的歷史感。」

「再說，你不是還有那個嗎？」莎芙倫刻意把雙眼瞪得渾圓，還用一種怪裡怪氣的語調說：「神奇的眼睛！看到真實的視線！」

「所以我看到你是個無聊的笨蛋。」JM冷笑了一下，才說：「就這樣。」

「別這樣嘛，我開玩笑而已。」莎芙倫吐了吐舌頭，忽然又想到一個肯定能引起JM興趣的方法：「對了，艾莎說那面鏡子是她外婆留給她的，聽說外婆也是從她外婆那兒得到的，可以說是家傳的寶物，說不定有甚麼神奇魔法的啊，你不是最喜歡那些神神怪怪的東西嗎？這下子合你胃口了吧。」

莎芙倫對自己這個說法非常滿意，她的眼中閃著光芒，就等對方開口答應。

「不，沒有興趣。要找的話你自己找好了。」JM卻冷冷地說，還從口袋中拿出香煙向莎芙倫揚了一下：「失陪了。」

說罷，JM便直接回到他的書房，只剩下莎芙倫一個人呆在客廳中。

怎麼說也已經答應過艾莎，JM卻不願意展開調查，莎芙倫只好靠自己的力量來解決找尋鏡子這個問題。但因為艾莎完全不記得自己在甚麼情況下遺失那面鏡子，只說過她一直把它放在手袋的最深處，也不會每天檢查，只是上星期突然心血來潮，一摸之下才發現不見了。在線索這麼有限的情況下，莎芙倫只想到一個最笨拙的方法，就是向周邊的商店和鄰居們挨家挨戶查問，結果鏡子的消息找不到，卻聽到不少流言蜚語。

「你是那個人的同夥吧？那我甚麼都不知道了，別再跟我搭話。」

「那個經常穿得一身黑，眼神兇狠的人嗎？我每次看見他，那人也是鬼鬼祟祟的，十分可疑。」

「曾經有一晚，我看到那人在垃圾堆中翻翻找找，嚇死我了，我死也不要跟那種人搭話。」

「一看就知道他肯定是個罪犯吧，他都跟那種不正經的人混在一起。」

「那個人很不祥，應該是邪靈附身吧。」

說的都是JM。

原來不單艾莎，還有很多人都對JM避而遠之。莎芙倫其實也大約猜到為甚麼會有這樣的情況，單憑她和JM相處不久，便已知道這個人的行事作風和說話方式的確會讓一般人難以接受，不過如果能找到鏡子的話，或許就能從艾莎開始，一步步糾正這些負面印象。

可惜即使她這幾天已經在附近兜轉了不知多少遍，卻仍是找不到任何關於鏡子的消息。

然後這個想法是莎芙倫今早想到的，當時她剛梳好她的高馬尾，正要在鏡子前別上那個刻著藏紅花的髮夾，這才靈機一觸想到自己多年前曾經到過的古董店，她這件從不離身的寶物就正是來自那家店，既然艾莎的鏡子也是外婆留下來給她，理應算是古董，反正暫時還是毫無頭緒，那就當是碰碰運氣吧。

莎芙倫正走在這條她從小就已經很熟悉的街道上，憑著遙遠的記憶，尋找著她思海中的那個地點，她沒有走人來人往的大路，而是繞進了僻靜的後街。莎芙倫記得那個櫥窗的確是在後街的，只是過了這麼多年，她也不確定那家店子是否還在，就算店子還在，又會不會真的剛巧就有她要找的那面鏡子的消息呢？

算上來機會確實渺茫，不過莎芙倫仍想試試。她明白艾莎的心情，萬一今天是自己的

髮夾不見了，她也會不惜一切代價也要把它找回來。而現在她只不過是想起一家古董店，也就當是回來舊居這兒緬懷一下。

「是這一家吧？」

莎芙倫看著那個櫥窗，木製的雕花裝飾已經非常老舊。櫥窗後依然是林林總總的商品，可惜感覺就和垂垂老矣的佳人一樣，那些風光的日子已經過去，所以即使莎芙倫現在已充份瞭解古董這個字的意思，在她看來，這裡依然像間雜貨店。

透過櫥窗看進店內，店面的陳設也和她記憶中的差不多，貨架排得滿滿的，步道也相當狹窄。莎芙倫在這兒曾經有點不太好的回憶，所以她沒有走近櫃台，而是打算自行尋找。

這兒的貨品真的很多，而且擺放得雜亂無章，莎芙倫終於找到放鏡子的角落，但那是在最底下的一個貨架，她得彎下身子，在那些像雜物一般堆著的貨品中慢慢尋找。一看之下，莎芙倫發現鏡子還真的不少，大的小的，掛牆的座檯的都有，這當中說不定真的有她想要找的那面鏡子，於是莎芙倫決定整個人坐在地上，以便她細心查看這兒所有貨品。

「手持的……青銅框架……」莎芙倫努力地回想著艾莎的描述，一一把她手中的鏡子和她想像中的那面作出比較：「有蛇和精靈的雕刻……」

途中有其他客人進來，不過也沒有令莎芙倫分心。

「那就拜託你了，謝謝。」

是個年輕男性的聲音，無論是聲線還是語氣都讓莎芙倫心神不定，她卻沒能立即在回憶中找到對得上的人物，便探了頭打算看看是誰。剛好那個人正離開店面，莎芙倫沒看到他的臉，只看到那個穿黑色連帽衛衣的背影，還有一頭漂染成紅色的頭髮。

「那個人……」莎芙倫突然想起某個她知道的人，吃驚得睜大雙眼：「那個人不就是樊先生嗎？」

莎芙倫對樊先生的感想實在太過複雜，她根本不知道這個身份神秘的人物到底是朋友還是敵人。樊先生曾經自稱是她父親的朋友，也似乎對他們一家提供過不少協助，不過另一方面，她家剛發生的悲劇卻很有可能因樊先生而起，但最重要的還是莎芙倫現在還沒完全明白父母的真正身份，而當中的秘密，應該就掌握在樊先生的手裡。

莎芙倫立即放下手上的貨品，雖然想要盡快跑出去看個清楚，但礙於環境狹小，她花了一點時間，才能從貨架中鑽出來，而那個客人亦早已離去。不過莎芙倫還沒放棄，這條後街來往的人並不多，應該還能追得上的。

莎芙倫沒再多想已奪門而出，可是靜悄悄的街上，根本連半個行人的身影也沒有，不

論她往那個方向看，也再找不著那頭紅髮。莎芙倫立即往回跑，她還有線索的，就是古董店的店員，剛才樊先生就是和那店員說過話。

「我正想叫住你呢，還好你回來了。」那個年輕的女店員一看見莎芙倫再度進門，還沒等她開口已搶著說：「這是他叫我交給你的。」

店員遞上一個白色的信封，莎芙倫接下便隨即打開，首先發現的是一張照片，看來是個公園的花圃，旁邊的地面鋪設著鵝卵石，莎芙倫想不起這個地點，便又再看看信封裡面，還有一張便條。

「午夜十二時，都會女子學校。」

2 午夜

莎芙倫把手中的便條來來去去都不知看了多少遍，她知道這個約會是一定要出席的，對於父母，她還有太多問題，而這些問題的答案，肯定就在樊先生手中。不過這個樊先生到底是何許人，他要莎芙倫出去，真的就是要解答她的疑問嗎？莎芙倫的確有懷疑過，不過相比起獲得答案，這一點風險根本不在她的考慮範圍。

時間不早，莎芙倫小心奕奕地把相片和便條都放回信封之內，再收在外套袋中，才提起背包。拉開房門同時，映進她眼中的是廚房的吧台，旁邊的走廊口則是一扇一直緊閉的門。

還是算了，莎芙倫別過臉，不讓自己的目光在房門上停留，更加快腳步越過客廳，不過焦急總會令人遺漏細節，她當然也沒有注意夜裡大門關上的聲響有多明顯。

都會女子學校是一所獨立學校，創校至今已有過百年的歷史，而且大學入學率相當不俗，也算是稍有名氣的一所學校，不過這些對莎芙倫來說都沒甚麼意義，她所著重的，就

只有校舍位於市中心這一點，即使是深夜前往，仍可以使用公共交通。

晚上的校舍靜悄悄的，莎芙倫一開始已不打算從正門進入，反而是沿著學校外圍走，她發現校舍內有一座教堂，就是這座教堂的後方，有一道應該是讓職員通過的閘門半掩著。但莎芙倫並沒有立即進入，她先觀察了旁邊，確定附近並沒有人監視著，才側著身閃進校園之內。

校園內只保持著最低限度的照明，雖還不算是伸手不見五指，不過視野也不太良好。莎芙倫躲在牆邊的陰影中四處張望，又拿出照片再次確認，結果還是在校園內差不多繞了一圈，才在學校主樓後面，找到那個由鵝卵石鋪設的園子和旁邊的花圃。

「是這兒了吧？」莎芙倫還蹲下身，模擬著照片中顯示的低角度：「應該沒錯了，這個角度看過去就完全對得上。」

接下來就是等到指定時間，莎芙倫打算看一下她左腕上的智能手錶時，背後卻忽然感到一陣涼意。

「甚麼？」她猛地轉過頭，背後還是那座學校主樓和她那沉寂的影子，連一陣風都沒有。

這陣沉寂是那麼不尋常，讓莎芙倫無法忽視。她索性站起身，集中精神環視著四周，不單一雙眼張得渾圓，呼吸心跳都變急速，可是身處夜色之中，她還是無法在視野之內找到任何異常之處。但這並沒有令她放心，莎芙倫清楚知道世上存在的那些不可視之物有多危險，或許有甚麼已經在咫尺之處，只是看不見而已。

既然看不見，莎芙倫決定全神貫注以視力之外的感官去探知現時處身的環境。同時一陣怪聲傳來，微弱的、斷斷續續，就似是一群女性或是孩子嘲笑的聲音，此起彼落地迴響。一時間莎芙倫也分辨不出聲音來自那一個方向，精神崩緊使她不得不再次依靠她最習慣使用的視力，她的瞳孔已放至最大並急速掃視著身邊各個方向，可是依然毫無發現。

笑聲越來越近，莎芙倫終於記起，還有一個方向她一直都沒注意到。她猛地抬頭看向正上方，發現漆黑的夜空中，竟然有些泛著紅色光芒的東西正在高速下墜，還沒來得及反應，一聲巨響之下，那東西就正正丟落在她面前，下意識驅使莎芙倫緊緊閉起雙眼，並舉起雙手護住自己的頭部，除了砂塵之外，還有一種溫熱黏稠，飛濺到她的身上和臉上。

不祥的氣味和觸感，使莎芙倫不得不張開眼睛確認目前的狀況，她這才發現躺於面前的是一個穿紅色制服外套的女孩，她的一雙眼睛乾睜著，卻已是無法反映出任何影像，深紅色的血液從她的眼窩，還有口鼻中不斷流出，四肢通通扭曲成詭異的角度，朝向上方的胸膛之上還有一道刺眼的裂口，從喉嚨下方一直延伸到上腹，原本應該隱藏在胸骨之內的

臟器，如今都清晰可見，氣管、肺部，還有肝臟，唯獨心臟已經不在胸膛之內，而是丟在旁邊的鵝卵石上，仍繼續一下一下地跳動。

圍繞在旁的紅色光芒沒有熄滅，反而像火焰一樣燃燒得更紅更旺，嘲笑聲也沒有退去，繼續紛紛擾擾，起落不斷。

莎芙倫已經不能呼吸，即使是有所經歷的她，在眼前這幅通紅的畫面，還有沾滿身上的溫度和噁心的血腥味之前，她的理智瞬間敗陣崩潰，雙腿一軟，便跪倒在那被大量鮮血浸沒的鵝卵石地之上，不能控制地放聲尖叫。

JM有點不知道該把視線放在那兒，他不能肯定心底那股煩躁，到底來自夜深依然人來人往的報案室，還是桌上那個半滿的煙灰缸，抑或是面前這個一塌糊塗的女孩。莎芙倫的臉還蒼白著，她用那抖顫的手拿著毛巾，緩緩地擦著臉上的污漬。雖然在聽到大門聲那時，JM已經知道今晚大概不可以靜靜度過，所以當他接到通知說莎芙倫在警察廳時，他還是毫不意外，然而如今眼前的混亂程度，已經大大超過了他的預算。

JM不想一直瞪著莎芙倫看，他知道自己的眼神中肯定帶著責備，更不想跟她說話，這樣的情況下還罵她的話，即使是JM也會覺得有點於心不忍。他現在只想抽根煙補充一下身體中的尼古丁含量，不過最後，他還是停住了從口袋掏出香煙這個動作。

「對不起……」莎芙倫的唇還是顫抖著：「這麼晚了……真是……抱歉……我也不知道……」

「好吧，這到底是發生甚麼事了？」

既然是莎芙倫先開口，JM也終於忍不住發問。

「我……這是……」莎芙倫的句子還是不完整：「有個女孩……掉了下來……」

「這個我知道，我是問你怎麼會出現在那所學校的。」

JM索性不掩飾他的目光，直接看著莎芙倫那空洞的眼神。以莎芙倫現在的精神狀況，恐怕也編不出甚麼像樣的藉口，JM已準備好無論她搬出甚麼理由，也能一下子擊破。

「我是……該怎樣說呢……」莎芙倫低下了頭：「有張便條……」

莎芙倫雖然想避開外套上的污漬，可是她的手卻一直抖著，好不容易才能伸進口袋之中，拿出了相片還有便條，慢慢地交給JM。

「是……樊先生給的……」

JM沒有細看那張相片，只是緊緊盯著那張便條和上面的訊息。他板著臉不發一言，一來是沒想過莎芙倫竟然這樣坦白，更加沒想過在這兒竟然能獲得那一位樊先生的訊息，就是他手中的這一張便條。

「然後呢？」JM一臉漠然地把便條放進他的西裝口袋，亦避開了樊先生的話題：「那個女孩就這樣掉下來了？」

「嗯……還有笑聲……」莎芙倫的眉開始扭曲，雙眼卻睜得很大：「紅色的光……對了……像火那樣……」

「這是那一類事件吧？」

JM一向也清楚這世界上存在著很多不被人類察覺的力量，特別是來自宇宙的高等智慧，雖然他們從不把渺小的人類當成一回事，但正因他們如此強大，人類也不能避免地受到影響，而JM則通稱受這種外來力量所影響的超自然事件為「那一類事件」。

JM會這樣說出口，他其實已經相當肯定。一般情況下莎芙倫應該會領悟這並不是問句，而是結論才對，可是現在的她卻在苦惱該如何回答，只見她頓了好一會，仍然沒有答案，只是吃力地搖了搖頭。

「很好，笑聲和鬼火，你等下記得再次向警方重點提及這兩件事。」JM揚起了嘴角，他心內已經浮現了計劃的藍圖：「至於你為甚麼半夜跑進一間中學，你就說在玩城市定向之類的遊戲就好。」

「為甚麼？」莎芙倫即使仍未完全冷靜下來，但她還是聽得懂JM的意思就是要她向警方撒謊。

「首先得想辦法弄到一張入場券，才能參加遊戲吧。」JM以閒著的右手托著頭：「而且我還得想想，這場博弈之中還有甚麼優勢。」

JM仍然托著頭，只以移動視線來環視整個報案室。等候席中坐著幾個醉漢，櫃台前正交談著的警員和婦人，還有後面忙著處理文書工作那些警員，都不是他的目標。直至他的視線移到入口，紅色的制服外套才引起了他的注意。

「慢著，」莎芙倫卻比JM更先作出反應，甚至站了起來：「那不是……？」

JM順著莎芙倫的視線看去，果然她也是因為剛進來的人們而驚訝，的確那當中有他熟悉的面孔。

「是麥斯呢，原來是他負責這案件。」JM一眼就認出帶頭那個金髮、身型高大的男子：「這下簡單得多了，一切都好說。」

「不對，」下一秒JM醒覺到當中的違和：「你不認識麥斯吧。」

莎芙倫沒回答，已逕自走上前。去路受阻，那個叫麥斯的警官，還有她身邊穿著紅色制服外套的女孩只得停下腳步。

「賈斯敏．梅爾，」莎芙倫相當驚訝：「你……？這難道是……」

吃驚的當然不止莎芙倫，麥斯也是一臉詫異：「你認識她啊？」

穿著紅色制服外套的女孩身型高大，但卻一直弓著背，聽見莎芙倫的聲音才抬起了低著的頭，她看著莎芙倫的眼神只是一片空洞，眼下的黑眼圈和瘦削的臉龐讓人印象深刻，這張臉卻是木無表情，連眉毛也沒有挑一下。

對方沒有答話，莎芙倫也同樣呆立當場。

「嗨，麥斯。」JM見這是介入的好時機，上前指了指莎芙倫：「我和她一起的。」

「這不是JM嗎？感謝上天。」麥斯看見JM，神情也立即放鬆下來：「這就好了，你會幫忙的，對吧？」

JM微微一笑，就差沒把求之不得幾個字寫在臉上而已。

「你說甚麼，當場逮捕？」

莎芙倫激動得站了起來，幸好這兒是會面用的私人房間，牆壁也有一定隔音效用，不然她這樣高聲呼叫，肯定會引來側目。

「那你的意思是賈斯敏殺了人嗎？這怎麼可能。我們曾經一起打工，雖然不算是十分熟絡，但我知道她本來就是個內向的女孩，就是有人對她無理取鬧也不會作聲那一種，她又怎可能會殺人了？」

莎芙倫不停地說，麥斯瞧了瞧激動得站著的她，又看了看旁邊JM那張有點無奈的臉。

「你先聽我說，好嗎？」麥斯唯有試著解釋：「死者名叫菲妮絲．柯爾曼，是賈斯敏．梅爾的同班同學。你也看見嘛，柯爾曼是從高處掉下的，附近唯一可能的墜落點就是學校主樓的天台，而我們就是在那個天台發現梅爾的。」

「慢著，你說是天台？」這個詞語確實刺激到JM的神經。

「對啊，從陳屍地點看來，沒有其他可能了。」麥斯接著說：「而且我們在天台發現類似打鬥的痕跡，當然最可疑的就是梅爾了，她就呆坐在那兒，看來受到非常巨大的精神打擊。」

「自殺的可能性呢？」JM立即反問。

「從現場看來，應該不是自殺。」麥斯搖搖頭，又說：「先不說打鬥痕跡，屍體上有一道非常明顯的傷口，就像被人開膛剖腹那樣，連心臟也被抛出體外，自殺的話應該不會有這樣的傷痕吧。」

「那更加不是賈斯敏吧。」莎芙倫趕著插了話：「要切開人體需要不少力氣，賈斯敏可是個瘦弱的女生。再者，撇開這點不說，萬一真的是她幹的話，她也不會比現在的我整潔得多少吧？」

莎芙倫張開雙手，好讓麥斯看清楚她那件外套上那些還未完全清理好的污漬。JM側起頭看著她，沒想到在這種情況之下竟然還能自嘲，看來莎芙倫的情緒已經穩定不少了吧。然而另一方面，莎芙倫所提出的雖然也是事實，JM卻有更多不同想法。

「關於這點……」麥斯又不得已地看向了JM。

「好吧，大半夜裡，那兩個女生在學校天台幹甚麼，梅爾她自己怎麼解釋？」

「這正是讓我頭痛的地方，」麥斯苦著臉：「她沒說，除了堅持是死者柯爾曼叫她出來，其他事情，包括她們到底在做甚麼，或者柯爾曼到底是怎樣掉下去，她甚麼也沒有說。」

「緘默權嗎。」JM對賈斯敏選擇保持沉默這一點毫不意外：「那她找了律師沒有？她未成年吧，家長來了沒有？」

「這也是另一個棘手之處。」麥斯嘆了口氣，才又說：「我們想聯絡梅爾的家人時，才發現她的家庭背景相當複雜，我們也不知道該聯絡誰。」

「不是獨自一人在倫敦留學吧？」

JM當然沒注意到他會作出這個推測的真正原因。

「要是留學還算簡單，就算在其他國家，我們也總能聯系上她的家人啊。」

JM並不同意麥斯的話，他十分肯定只要疑犯不配合，警察根本不能即時聯絡到身在外地的家人。

「賈斯敏的父母都不在世上了。」莎芙倫現在才慢慢坐回椅子上：「我知道她媽媽在她小時候已經過了身，後來跟爸爸，繼母還有妹妹一起生活，但那位繼母幾年前也去世了，然後最近連她父親也……真是可憐。」

「你知道得還真清楚耶。」JM卻說：「你不是說你們不算熟絡嗎？」

「工作場所就是多流言嘛。」莎芙倫說得理所當然：「本來賈斯敏就是太內向，而且又對占卜和星相等等迷信相當沉迷，大家都喜歡在背後亂說關於她的謠言。」

流言的力量有多強大，JM自然最清楚不過。而且只要一開始廣傳，人們總是不經思考就會相信，甚至還會在自己的經驗中強行找出他們主觀認為有關的證據，無論當事人怎

樣解釋，也只會越描越黑，所以他也十分明白賈斯敏現在保持沉默這個選擇。

不過這兒，莎芙倫還提供了另一個新的線索，讓JM覺得有必要親自和這個叫賈斯敏的女孩談上幾句，可是他還得尋找適當的時機，看來也有幾通電話必須撥出，那麼今晚，還是以把莎芙倫帶回家好好洗個澡這件事為首要目標吧。

「麥斯，先跟你說一聲，我得和這位疑犯談幾句，這案件我應該有幫得上忙的地方。」JM說：「不過放心，我會先得到適當的允許後才再向你提出，不會讓你為難的。」

麥斯擠了個笑容，才說：「隊長嗎？我也正在想要不要跟他討論這個案件，畢竟又是怪笑，又是鬼火。」

「你不是應該改口了嗎？不過如果你會向他說明，那就更好了。」JM站了起來，瞄了莎芙倫一眼才再向麥斯說：「那麼她的事情完結了吧？我先帶她回去好了。」

「等等，賈斯敏呢？」莎芙倫卻沒有隨JM站起：「你們要拘留她嗎？我也想和她說說話。」

「你這個樣子要去跟人說話啊？」JM斜瞥著莎芙倫：「你沒聽見麥斯說她像是受過精神打擊嗎？你肯定你這樣子適合去和她說話？」

「這個……我……」

「這樣吧，先等我打點好。而且你作為目擊證人，就是你不想管，也沒這麼容易抽身，對吧麥斯。」

「當然了，之後應該還得請許小姐過來協助調查。」

麥斯當然感到JM目光中所包含的意思，才附和著說。

「很好，我們明天再來。」JM刻意強調了我們一字，才又轉向莎芙倫：「現在先回去吧。」

JM笑著，那個笑容看起來是那麼可信。

莎芙倫沒再堅持，其實她自己也累壞了，剛才眼前的畫面也實在是太震憾，她的腦中現在還是一片混亂，休息才是唯一適合她的選項。不過莎芙倫仍然掛心賈斯敏，最少還是要弄清楚JM接下來的行動，她才能安心。

「JM，你明天真的有辦法和賈斯敏見面嗎？」

一轉出剛才的會面室，莎芙倫已經拉著JM的衣袖急著問。

「當然啦，幸好負責的是麥斯。」JM一直走著，看來他對警察廳內的環境相當熟悉，完全不用靠標誌來找尋出路：「雖然一般情況下，這個方法是絕對行不通的，不過現在已有證據顯示和外力有關，只要有這個原因，他應該會願意讓我參一腳。」

「你說的他，」這樣的形容讓莎芙倫想到一個人：「是指安傑爾警司嗎？」

「不就是亞佛烈德。」JM 眨眨眼：「總之他開口的話，麥斯就會向我們提供百分百的協助，到時你喜歡跟你的舊同事談多久都可以，所以現在別說太多，還是快回去睡一覺好的吧。」

聽到 JM 說得這麼肯定，莎芙倫的精神也終於放鬆下來。就在她決定先擱下所有顧慮回家好好休息之際，一直走在前面的 JM 卻停下了腳步，莎芙倫看到他的側臉，更發現他的眉頭緊緊皺著。

JM 忽然回了頭，向後叫喚：「凱文．布列特。」

莎芙倫這才留意到剛剛和他們擦身而過的男子，他也停下了急促的步伐，轉過身來面對著他們。

「JM？怎麼會在這兒遇到你的？」凱文的臉上也充滿疑惑。

JM 愣怔了，莎芙倫完全沒想過，這種表情竟然也會出現在 JM 臉上。

3 書房

法醫莫里斯・霍柏的解剖實驗室位於醫院地庫，JM對這兒已經熟悉不過，這兒也算是他經常到訪的一個地點，除了工作需要之外，JM偶爾也會來這兒和莫里斯見面，畢竟他也算是JM在倫敦認識得最久的人。

不過對於JM今天的到訪性質，二人卻有著相反的看法，JM當然主張自己是為了工作。

「早安，詹姆斯，」門被推開時莫里斯正坐在操作台旁邊，翻著他手上的詩集：「你遲了差不多三分鐘，這可完全不像你。」

「抱歉，我不小心睡著了，晚了一點。」

問題很嚴重，但解釋卻很隨便，JM只把注意力放在操作台上的黑色裹屍袋之上，那正是JM來這兒的目的。

「你的臉色看起來不太好呢。」莫里斯有點欲言又止：「果然是因為那個原因嗎？」

「我們還是趕快開始吧。」

既然JM完全不打算回答。莫里斯也不執意追問，便動手打開了那個黑色的、又厚又重的膠袋。裡面躺著一具年輕的女孩軀體，雖然已經過細心處理，但仍難掩飾這副遺體的嚴重破損程度。

「這個慘狀……」JM皺著眉：「比一般高處墮下也誇張太多了吧？」

「不單誇張，還有很多解釋不來的疑點。」莫里斯說：「首先我想表明一點，最初接觸這具屍體時，觸感相當奇怪，不知為甚麼總覺得黏糊糊的，但又不像是血液的手感。」

JM抬頭看了看莫里斯那複雜的表情，並在心中暗暗記下這個重點。

「還有，以她身上的骨折情況看來，估計是背部先著地的，但四肢卻有很多不尋常的傷勢，例如這兒。」

莫里斯用他戴著醫用手套的手，翻開死者肩膊上，破裂的皮膚所掩蓋的一個骨折處。

「看這兒的折斷口，你有甚麼想法？」

「斷口並不是呈粉碎狀態，這種尖刺狀的斷裂方式，不太像是撞擊做成的吧。」

「說得很對。」莫里斯滿意地點了點頭：「但最奇怪的，還是胸口這道傷痕。」

莫里斯順勢指向女孩的胸口，那道又長又深的傷痕並未縫合，由鎖骨對上一直延伸至上腹部。

「這道傷痕是在生時造成的，切口非常平整，估計是由十分鋒利的刀刃之類造成。但卻不是金屬，傷口上一點金屬殘留物也找不到。」

JM順勢看向女孩胸口，更從口袋中掏出他經常帶在身邊的那個放大鏡。JM拿著刻有S.H.字樣的青銅製手柄，在凸透鏡後逐漸湊近那道血痕。當然這種手持式放大鏡的倍率根本不能和實驗室的儀器相提並論，JM也不是打算找出莫里斯找不到的金屬殘留物，他要看的，是莫里斯絕不會察覺到的重點。

可惜事情卻不如他所料，他並沒發現甚麼特別之處。

「還有心臟的事情，聽說發現時心臟被拋出身體之外。」莫里斯見JM一直不說話，便又開了口：「當然撞擊也有可能導致臟器拋出體外，不過單單是心臟嘛……似乎不太符合物理邏輯。」

「死因呢？」JM搖了搖頭：「依你判斷，主要死因是甚麼？」

「這很難說，畢竟身上的傷太多，又太複雜，死因報告我寫上了因高處墜下而造成多重骨折及器官破裂，這準沒錯。」莫里斯欲言又止，頓了一下才繼續說：「但事實上很難判斷到底那個傷勢才是最直接導致死亡的主因，我想，失血過多也是一個很有可能的原因。」

「你的意思是，」JM抬起頭看著莫里斯：「她有可能在撞擊上地面之前，已經因失血過

多而死？」

「這點真的不好說，畢竟兩者的時間差太短了，單從屍體的狀況判斷不出來。」

「對了，莫里斯……」

過去的畫面在JM的心中逐一浮現，說到底他和凱文過去的糾葛，莫里斯也姑且知道，不過現在到底有沒有需要再次提起呢？JM還沒得出結論，最後他還是決定少說一句，免得節外生枝。

不過除了凱文之外，過去還有一個夢魘，到現在仍一直纏繞著JM，他只得緊握了手中的放大鏡。

「怎麼樣？」莫里斯看著若有所思的JM，又說：「你想起她吧？如果是失血過多，那就不算是高空墜下致死，那就和她沒有關係吧。」

JM馬上就意會到莫里斯口中的她到底是誰，這一點他必須即時澄清。

「你誤會了，我可不是因為荷姆斯——」

「你還說不是為了她？」這次終於是JM的話被別人打斷，莫里斯搶著開口：「過去的事就讓它過去吧，畢竟都八年了，我是由始至終也相信你的，所以你也別執著了。」

「不對！」

JM突然大呼，使莫里斯也呆在原地。

「屍體已經被徹底清潔過，不是嗎？」

為了方便清潔，這張金屬操作台有直接駁上污水渠，旁邊就正是排水用的槽口，JM立即以手中的放大鏡，觀察著這個排水孔上方，看上去已經清理乾淨的金屬濾網。

「怎麼了？這兒有甚麼嗎？」

「不。」

JM凝望著濾網上黏著那一點點透明的，像是黏液的物質。

「甚麼也沒有。」

JM大口地吸著口中的香煙，完全沒有顧及坐在他對面的少女尚未成年。現在他的思緒正混亂著，不單因為睡眠不足，還有剛才莫里斯提起的她和現在案件不約而同之處，還有凱文．布列特這個記憶中的人物竟然成了過去和現在的交匯點。

讓血液中的尼古丁含量提升後，JM才開口。

「賈斯敏‧梅爾，對吧？」

賈斯敏似乎和JM一樣徹夜未眠，她的頭髮綁得很隨便，就那樣垂在腦後，完全沒有梳理好。但相比她那頭淩亂的紅髮，她的眼神卻完全相反，顯得銳利而冰冷，那張瘦削的臉還有高高隆起的顴骨，更是突顯了她那份倔強的感覺。

JM彷彿看到那個金髮的男孩，他的眼神也一樣倔強。

「放心吧，」JM得又再吸一口煙來驅散腦中的片段：「我不是警察，我是來幫助你的。」

賈斯敏狠狠地盯著JM，說：「那你是誰？」

「我是……凱文的朋友。」JM臨時搬出了凱文的名字：「凱文‧布列特，他是你的班導師，對吧？」

JM這個說法，某程度上也和事實相符。他和凱文的確認識，幾年前甚至一起調查過一連串女學生在學校墮樓身亡的事件，這也正是讓JM困惑的原因，同樣的事件，同樣的人物，一切都正和JM的記憶重疊起來，某種不祥的預感使他不得不放棄寶貴的睡眠時間，也得馬上找出凱文會在這兒出現的原因。

假如再出現多一個重點的話，JM一定會相信過去和現在的事件之間存在確切的關聯。

「是布列特老師讓你來的？」賈斯敏咬了咬唇：「我已經說過不用他幫忙吧。」

這個女孩憑甚麼這樣囂張呢？難道她還不清楚自己的處境嗎？她的同學菲妮絲．柯爾曼在深夜裡從學校天台墜落身亡，而她當時就正正處身在天台，這個殺人的嫌疑可不是單憑倔強就可以洗脫的。

想到這兒，JM卻只得苦笑一下。

「你認為甚麼也不說，警察就拿你沒辦法嗎？」

或許是讓JM說中了吧，賈斯敏別過臉去。

「我可以告訴你，你的預想是正確的。」JM又深深抽了一口煙，才接著說：「不過前提是，你真的是清白的嗎？」

「你又想說我殺了柯爾曼嗎？我沒有。」

「但別人不會相信的，除非你交代清楚。」

「她是自殺的。」

賈斯敏的話恰恰和JM腦海中的某個聲音重疊著，這陳述句對JM來說有著太多重意義，過去如是，直到今天還是一樣。JM閉上眼試圖關閉腦中不停響著的雜音，反而讓漆黑的深淵和拘留室那扇小窗射進來的光所形成的強烈對比更加鮮明。

「菲妮絲．柯爾曼是自殺的。」賈斯敏的聲音確確實實地傳到JM耳中：「除此之外，

我沒其他話要說。」

「很好。」JM想要再吸一口煙，卻發現手中只剩燒盡了的煙蒂，只得把它丟在煙灰缸之內：「那麼柯爾曼胸口上的傷痕呢？你有甚麼意見？」

「我不知道。」賈斯敏答得很迅速，更直勾勾地盯著JM。

「你跟莎芙倫‧許曾經一起在餐廳打工吧，聽她說，你喜歡占卜和星相，是這樣嗎？」

「這有甚麼關係？」

「你知道甚麼召喚之類的法術嗎？」

「甚麼法術了？」賈斯敏沒再保持她的冷漠，反而高聲喊著：「我完全不懂你在說甚麼。」

「你別緊張，我不過找些別的話題和你聊聊而已。」

「但我沒有話要說，」賈斯敏進一步提高了聲量：「你們找誰來也一樣。」

JM沒再說甚麼，反而是站起來顯示他離去的意圖。然後，他向坐在對面的賈斯敏伸出右手。

「很高興認識你。」JM打從心底裡笑了。

雖然賈斯敏沒有握上他的手，不過JM心中卻充滿期待。或者這就是他等待多年的機會，找出那道一直沒有謎底的問題背後的真正答案。

「救命！誰可以來幫幫我？」

求救的哀號響徹莎芙倫耳畔，她立即順著聲音的來源轉了頭，果然發現賈斯敏蜷縮在暗處哭泣。

「別怕，有我在。」

莎芙倫想要上前伸手去拉賈斯敏的手，可是賈斯敏的目光正向上移，這使莎芙倫也不由自主地抬起了頭。

轟隆一聲巨響，有個東西掉了在莎芙倫正前方，她心裡清楚這是甚麼，眼前亦變成一片血紅，全身上下都充滿了那種溫暖黏稠的感覺。

莎芙倫在自己的尖叫聲中睜開雙眼，赫然發現自己身上都是冷汗。

「糟了，現在幾點了？」莎芙倫不去理會自己急促的心跳和呼吸，而是看了左腕上的智能手錶。

因為睡房陳設的關係，現在她已習慣戴著智能手錶入睡，那麼無論她甚麼時候醒來，只要像現在這樣揮揮左手就可以看到時間，而且手錶的光也能讓她不至於伸手不見五指。

「甚麼？快中午了？」錶面所顯示的時間完全出乎莎芙倫的意料：「今天不是要去見賈斯敏嗎？」

這一驚使莎芙倫睡意全消，她迅速地下了床，找件外套披上便步出房間，來到廚房旁邊的走廊，那扇木門就像平時一樣緊閉著。

「JM，你怎麼不叫我起床？」莎芙倫叩著門。

門後只是一片死寂，半點動靜也沒有。

不是仍在睡吧？莎芙倫再一次叩響了門，不過越是叩著，她卻越是覺得不對勁。

「這……該不會……」

莎芙倫退後兩步離開了走廊，讓自己的目光能達到大門旁邊那一排用作掛外套的掛鈎之上，果然當中空出了一個位置。

「可惡！他真的自己出去了啊。」其實莎芙倫已經預想到會這樣，她不過是對自己太安心地相信了JM而生氣：「真是太過份了。」

「慢著，」忽然另一個想法在莎芙倫心中湧現：「他不在家，那不就意味著……」

莎芙倫輕輕地走回那道緊閉的門前，深棕色的木門充滿神秘感，住在這兒一個月有多，莎芙倫卻仍不知道這門後面的到底是一個怎樣的世界。

「不行吧，等下讓JM知道，他肯定會罵死我的。」

「有甚麼不可以，不過是看一眼而已，甚麼都不碰，他就不會知道了。」

天使和惡魔的聲音同時在莎芙倫心中響起，最後她還是決定順從好奇這一大本能。莎芙倫鼓起勇氣伸出右手，握住門把便猛地轉動，她要趁天使再次說服她之前把門打開。

可是門把轉動不了多少，便被卡住了，這扇門明顯上了鎖。

「算了吧，像他這種小心眼的人，門當然是鎖上的吧。」莎芙倫安慰著自己：「這樣也好，少一件事，算了算了。」

然而就在莎芙倫正要放棄的時候，她卻聽到明顯的門鎖轉動聲，還不單止，那扇原本緊閉著的木門，現在竟然自行打開成虛掩的狀態，簡直就像在邀請她入內的樣子。

「甚麼？又來嗎？」莎芙倫緊張的抬起頭看著屋內四周，室內陽光充沛：「現在還是大白天耶……」

「嗨，怕甚麼，不就一間書房而已。」另一個聲音卻又對莎芙倫說：「而且這不正好了嗎，門鎖可不是我強行打開的啊。」

機不可失，莎芙倫大著膽子，推開那扇她從沒打開過的門。

因為JM一直稱這兒為書房，所以莎芙倫的想像就是巨型辦公桌和皮製大班椅，應該還有整齊排列的書架吧。可是實際卻完全相反，金屬製的層架放滿紙箱和文件夾，雖然也有書本，但數量完全不及那些雜物多，地上也一樣堆著塞滿各種紙張的箱子。房間深處有一扇玻璃窗，但因為向著後街，看起來毫不明亮，旁邊還有張沙發床，上面的狀況和旁邊那張小書桌一樣，都是亂糟糟的。

莎芙倫很有衝動立即上前把那張捲成一團的被子狠狠甩一甩，可是又想起自己是偷進來的，絕不能碰這兒的任何東西。

既然不能碰，就只可以觀察了。書桌上凌亂的物件吸引了莎芙倫的注意，滿溢的煙灰缸中全是煙蒂，麥克杯則空著，旁邊還有一台合上的筆記型電腦，雖然看來應該會有不少有趣的資料在裡面，不過想也不用想，莎芙倫就知道自己肯定看不到那些資料，唯一不用碰就能看到的，就只有那打開的筆記簿。

「他在寫甚麼了？」莎芙倫看著筆記簿，上面寫滿一列列類似數學公式，其中一些數字特別被排成一個三角形：「這是字謎嗎？」

正當莎芙倫想再仔細看看，一陣不對勁的感覺卻觸動了她的神經，眼角似乎瞄到牆上有黑影晃動。莎芙倫吃了一驚，下意識回過了頭。

「嗚嘩！」莎芙倫禁不住尖聲慘叫。

一個陌生男子不知從何時起已站於莎芙倫身後。那人身型高佻，皮膚黝黑，頭髮和眼睛也是黑色的，身上穿的貼身剪裁西服，也是黑色的。

「你好。」那人主動向莎芙倫打了招呼，低沉的聲音帶點沙啞。

「你……」莎芙倫嚇得手心冒汗，她把手藏在背後，暗暗摸上煙灰缸的邊沿：「你是誰啊？」

「放輕鬆放輕鬆。」他揚了手，指著書桌上的筆記本：「我是他的密友，你可以暫時稱呼我為伊格尼斯。」

莎芙倫才不會這麼容易中計，她完全沒把警戒放下。

「你知道嗎？莎芙倫。」伊格尼斯笑著：「我一直也想跟你打個招呼，可是都沒有機會，所以我想現在是個絕好時機，就讓你進來了。」

「你是說……」莎芙倫的手仍然摸著煙灰缸的邊沿，這樣她隨時也能拿到可以防身的武器：「門鎖是你打開的？」

「你也可以這樣認為。」

「那麼說，你一直在這房子裡面？」

「也對，也不對。」

這是甚麼回答了？這人的說話方式比JM還讓人摸不著頭腦，物以類聚，或許他真的是JM的朋友也說不定。想到這兒，反倒讓莎芙倫稍為放鬆了一點。

「屋子裡的怪聲、影子，還有奇怪地移動了的東西，」莎芙倫繼續確認：「都是你的傑作，對吧？」

「那你應該明白了吧？」伊格尼斯轉身走向旁邊的層架，隨意抽出一個文件夾翻著：「他讓你住進來，卻連招呼都不跟我打一個，這絕對是一個不可接受的錯誤。」

「那真是抱歉了。」莎芙倫馬上醒覺到她得用特別的態度來應付這場對話：「我叫莎芙倫，暫時會住在這兒的，沒甚麼事的話，我也不打擾你了。」

莎芙倫趁伊格尼斯背著她，便一步一步地移向房門的方向。

「你在害怕甚麼？」伊格尼斯一轉身，那道淩厲的視線已把莎芙倫僵住：「我還沒說過要對你做甚麼吧。」

「沒有。」

「那你為甚麼要逃了？」伊格尼斯帶著他手上的文件夾，再次逼近莎芙倫：「而且你覺得逃出了這扇門，我就沒辦法嗎？」

「那你到底想怎樣了？」

「沒甚麼，」伊格尼斯走到那張凌亂的書桌旁，把手上的文件夾放下：「我只是要讓你知道，這兒到底是由誰作主而已。」

「好吧，我現在知道了，伊格尼斯先生。」

盡量順著他的意思就好了，莎芙倫是這樣想的。

「很好。既然你已經明白了的話，我也很樂意接受你成為我的眷屬，當然，我會把你缺少的知識都賜給你。」伊格尼斯拉開了書桌旁的椅子：「來，坐下吧。」

莎芙倫很清楚自己的腳根本沒移動過一步，但下一瞬間她已發現自己坐在一張椅子之上，只是這並不是書桌旁的木椅子，冰冷堅硬的觸感顯示出這椅子和她面前的桌子同樣是金屬製成，四周的燈光相當昏暗，令桌上那座檯燈更加刺眼。

「還是從實招來吧！」

莎芙倫未來得及弄清眼前狀況，已被一聲大喝震得頭昏。

「當時就只有你在天台上，那還不是你推她下去嗎？」

不認識的中年男子不斷大聲呼喝，簡直就像是電視劇裡警察審問犯人的場景，莎芙倫

立即想到賈斯敏，她仍然被警方拘留著。

「你就認了吧，是你謀殺了雪樂爾・荷姆斯。」

莎芙倫立即察覺到不對勁，猛然轉頭看向桌子的另一則，正接受審問的疑犯並不是賈斯敏，而是一個十來歲的男孩，淡金色的瀏海凌亂散落，遮掩了他的眼睛，卻擋不住他眼神中的冰冷和倔強。

「她是自殺的。」

那男孩冷冷地說，是莎芙倫熟悉的聲音。

「這……」

不能理解的影像突然中斷，現在莎芙倫坐著的正是書桌旁的木椅子，面對的仍是伊格尼斯那張黝黑的臉。

「這到底是甚麼？」

「這是我預支給你的報酬，」伊格尼斯笑著，把桌上放著的文件夾推到莎芙倫面前：「接下來你得完成我下達給你的命令。」

「命令？」

「幫助他。」伊格尼斯瞇起雙眼：「我已經給了你所有需要知道的東西，這一次的敵人可不簡單，單靠他以自己的小聰明亂打亂撞的話，肯定應付不來。」

「甚麼敵人了？」莎芙倫仍迷糊著，只得隨手翻開面前那個厚厚的文件夾，第一頁是一份剪報，報章的標題是兩行粗體字：「伍德海恩斯學院連環自殺，傳統名校女生接連墮樓身亡。」

「你們人類不是有這樣一句話嗎？」伊格尼斯接著說：「最大的敵人，正是自己。」

「等一下，現在到底是怎樣？」莎芙倫憤然站起來：「你到底是甚麼？」

「渺小的存在啊，你還不明白嗎？」伊格尼斯的身影已經消失不見，只剩聲音不斷迴響：「我就是你們的主宰。」

4 紀錄

雖然罐裝咖啡的味道不怎麼樣，不過飲品卻是打開話匣子的好道具，所以JM還是買下了兩罐。

午間的報案室人流竟然還不及上次午夜時來得多，可見中午並不是犯案和拘捕罪犯的高峰時段。凱文坐於一旁的長椅上，雖然他低著頭，不過不用看表情也知道他相當煩惱。

「不知道合不合你口味，」JM在凱文身旁坐下，還把其中一罐飲品遞給他：「但看來你需要咖啡呢。」

凱文禮貌地笑了，才接下那罐飲品：「謝謝。」

「我一直在想，為甚麼又會發生這種事呢。」凱文沒拉開拉環，只是把那個溫暖的金屬罐握在手心：「我當教師才一年，柯爾曼和梅爾她們也是我第一個負責的班別，到底她們在想甚麼，為甚麼要了結自己的生命呢？」

「警方不過是未有足夠證據作出起訴，才釋放梅爾，」JM更正了凱文的說法：「不等於

說柯爾曼是自殺的吧。」

「難道柯爾曼不是自殺嗎？」

「那就是說，你認為她是自殺的嗎？」

「我怎麼能下定論呢，」凱文的笑意中帶著無奈：「我又不是你。」

不過隨即他又意會到自己的語調不當：「抱歉，我只是說笑，別介意。」

「沒甚麼，我就知道你不會接受的了。」JM在口袋中掏出香煙：「那種結論。」

JM不經意地把手中的香煙遞給凱文，他卻搖搖頭，還說：「感覺你和當年，我們還在伍德海恩斯的時候，已經完全不同了呢。你……現在已經沒事了吧？」

JM沒有回話，只是自顧自地掏出一根香煙，然後點上。

「其實過了這麼多年，我在想，或許我也有一點明白當時你為甚麼會堅持主張瑪麗、還有其他兩個女孩都是自殺的。」凱文抬起頭凝視著雪白的天花板：「不過明白和接受是兩回事，我不知道你實際上到底隱瞞了甚麼，我只想問你一句話。」

凱文的話停了下來，還直直盯著JM，那股迫切的視線使JM也不得不直視凱文的雙眼。

「難道自殺就是瑪麗應得的結局嗎？這麼美麗、年輕的生命，不值得擁有一個公平的交代嗎？」

「那麼柯爾曼呢?」JM得迴避這個問題，提出另一個問題便是最好的方法:「她也是一個美麗年輕的生命吧。」

「她嗎?」凱文低了頭，看著手中的咖啡罐:「對了，我還未知道是那陣風把你吹來柯爾曼這件事之上呢。」

「不是菲妮絲．柯爾曼，」JM深深吸了煙，再呼出:「是賈斯敏．梅爾。」

聽到賈斯敏的名字，凱文才恍然大悟:「當然了，我也差點忘了呢。所以這一次，你也是來幫她洗脫嫌疑的嗎?」

「如果她是清白的話。」

「你肯定?」凱文看來說得相當淡然:「那麼格雷呢?」

結果還是繞回這個話題之上，JM知道已經不可以隨便說些不著邊際的話就打發凱文。

「這麼多年來，你有去探望過格雷老師嗎?」

「我應該去探望那人渣嗎?」凱文毫不忌諱地使用上這個字眼:「不管你怎麼說，但我就是知道他肯定要為瑪麗的死負責。」

「你知道嗎?在最初的時侯，我是百分百相信你的。」凱文自嘲般笑了:「連荷姆斯那件事，當時我也是相信你的。」

JM還沒有就這句話作出回應之前，凱文已經站了起來，因為他們在這兒等候的畫面終於出現。賈斯敏被警方釋放了，而莎芙倫則在她身旁和她牽著手，一同步進這個報案室，也就是離開警察廳的通道。

「可以答應我嗎？這次是真的把事情的真相找出來。」凱文俯身把那罐未開封的咖啡，輕輕放在JM身旁：「如果有一個兇手的話，請讓他接受應得的懲罰吧。」

「這是你的私人物品，請檢查一下，如果沒問題的話就在這兒簽名吧。」

女警放下半滿的籃子和一份文件後便轉身回到她自己的工作中，完全沒有要協助或是監視領回私人物品這個過程的意圖。莎芙倫有點疑惑，她以為警察都是盡責又很會幫助人，不過這樣不是更好嗎？難得有機會和賈斯敏單獨談談話。

賈斯敏在經歷了這麼長時間的拘留之後，終於獲得釋放，而且她看起來精神也尚算不錯，起碼比莎芙倫想像中的好得多了，她特意準備的圍巾、紅茶還有麵包通通都用不上，實在是值得慶賀的事。

「賈斯敏，恭喜你，已經沒事了。」莎芙倫衷心地說。

「謝謝。」賈斯敏沒特別看向她，只是從籃子裡拿起自己的背包打開，準備把其他東西放回去：「不過應該還不能算是沒事吧，我想警察還會來煩我。」

因為賈斯敏由始至終也沒向警方詳細交代那一晚天台上到底發生了甚麼事，不過莎芙倫是明白的，她知道每個人也會有不想向別人說清楚的事，而且當晚警察發現賈斯敏時，她也是處於一副大受打擊的狀態，這當中肯定有讓她不能直言的原因。而這個原因，也必須要花更多時間，讓賈斯敏克服自己的心理障礙之後，她才有可能說出來。

「沒問題的，他們最多也是重複之前的問話，」莎芙倫本想摟摟賈斯敏的肩膀來安慰她，但賈斯敏比自己高出不少，強行摟她的話實在太刻意，莎芙倫這才作罷，只好繼續說：「沒人能逼你，等你覺得可以說，又或者找到一個你可以相信的傾訴對象，才說也可以。」

賈斯敏看著莎芙倫，眨了眨眼，才又把視線移回籃子上。她先是拿起了比較大的教科書和筆記本。

「我還以為你一直要求跟我見面，」賈斯敏一邊把手上的書本放回背包，一邊說：「就是要我說當晚的事。那天是你看到柯爾曼吧，我以為你是怕惹上麻煩。」

「當然不是了。」莎芙倫直接地說：「我是擔心你。」

「以前在餐廳我就看過其他同事和客人欺負你了，而且我也聽到你家中最近發生的不幸，還要遇上這種倒楣事，我就在想，你的父母都不在了，還有誰可以站在你身旁幫助你呢？我們怎樣也算是相識，我只是覺得要是你有需要的話，我也可以提供一點支持，最少讓你知道有人在你這一邊，心理上怎樣也會好過一點吧。」

「一般人不會這樣想的。」賈斯敏苦笑了一下，接著把皮夾和手機放回背包內：「他們只會說這個女孩身在現場，只要讓她說出到底發生了甚麼事，所有麻煩也就完結了。」

「放心吧，」莎芙倫說：「我知道現在所有人都只是逼你回答問題，所以我不會提出任何疑問的。而且警察沒有證據起訴你，事件也算是告一段落，就別再老是被這件事困擾了。」

「嗯，」賈斯敏點了頭，把籃子裡剩下的小物包和鏡子都放進背包中：「你說得對呢。」

「好了，東西都點齊了嗎？」莎芙倫檢查了籃子，的確已經空空如也：「如果沒問題就趕快簽名，我們盡快離開這兒吧。」

「沒問題了。」賈斯敏接過莎芙倫遞上的文件和筆，便在上面簽了名。

「對了，」莎芙倫終於找到適當機會，她主動拉起賈斯敏的手：「我還有個朋友在外面等著，等下介紹你認識啊。」

莎芙倫感到賈斯敏手心的溫度，還有她臉上漸露的笑容，這一切都令莎芙倫的心底溫暖起來，更讓她覺得自己的確擁有可以幫助別人的能力。

需要幫助的人，還有一個。

莎芙倫拉著賈斯敏的手進到報案室，她知道JM應該在這兒等著，不過在説甚麼之前一定要再次提醒他不要一直向賈斯敏問這問那，只要乖乖閉嘴送賈斯敏回家便可。

果然JM就坐在一旁的長椅上，莎芙倫一眼就找到了他，同時也看到站在他身旁的凱文，而且莎芙倫也立即察覺到這二人之間的氣氛實在不對勁，這讓她想起那個文件夾上的資料，幾年前發生在另一所叫作伍德海恩斯學院的中學，那些女學生的連環自殺事件。

沒等她們反應，凱文已經率先走近，JM則走在他身後。

「梅爾，我是來接你的。」

「不用，」賈斯敏冷冷地説：「我得説多少遍呢？我的事，不用布列特老師你煩心。」

「對啊。」莎芙倫也順勢擋在凱文和賈斯敏之間，還向後方的JM高聲説：「JM，我們送賈斯敏回家吧。」

「等等，你們——」

「是可以，但——」

「都不必了。」賈斯敏堅決地說，打斷了其他所有發言：「我坐地鐵回家，莎芙倫，你陪我吧。」

在莎芙倫弄清楚眼下情況之前，她已被賈斯敏硬拉著離開。

位於小巷內的咖啡廳As Usual，還是一如以往的幽靜，今天這個下午時段就只有一桌三人的客人。

「天啊，還真的是十分好吃。」莎芙倫仍然感受著起司在口中融化的美妙過程：「這可以算是我吃過最好吃的烤起司三明治了。」

「對吧，我就說啊。」路爾斯得意洋洋地抬起下巴。

「難怪你這麼推薦這兒了。」莎芙倫不願冷落面前的美味，雖然有點不禮貌，但她還是邊吃邊說：「不過這兒可真難找，明明就在我們的大學附近，為甚麼我一直也不知道有這家店呢？」

「難找不是更好嗎？」路爾斯面前的是他喜歡的冰巧克力：「不會太多客人，才夠特別嘛。」

「對啊，談話也方便。」坐在路爾斯旁邊的亞佛烈德也終於開了口：「路爾斯他們經常都會在這兒談些別人不可能聽得懂的話題，要是你有甚麼想說的話，在這兒也可以安心暢談。」

莎芙倫聳了聳肩，她的意圖果然早就被看穿了。

「安傑爾警司，你已經知道了吧。前幾晚在都會女子學校，有個女學生墮樓身亡這件事。」

「我有聽麥斯說過，大約知道你當晚的遭遇。所以，你還好吧？生理或是心理上，還會有感覺不適的地方嗎？」

果然是亞佛烈德，還是一樣那麼認真可靠，他的問候也確實讓莎芙倫感到關懷。

「放心吧，莎芙倫的心臟應該很強大才對。」路爾斯在莎芙倫回答前，已經插了話：「畢竟她住在JM家裡，這種事應該都習慣了吧，不是嗎？」

「你果然知道他家中有奇怪的東西，我這是沒找錯人了。」莎芙倫欣慰地笑著，她起初還不知道該如何開始這個話題，現在正好有機會：「其實我今天約你們出來，就是想找你

們商量一下，我在家中遇到一個自稱伊格尼斯的人形物體，不過他肯定不是人類，我也不知他是甚麼東西。」

「伊格尼斯？」路爾斯抓了抓他那頭黑卷髮：「沒聽說過耶。」

「不是別人沒說過，而是你沒聽到而已，都怪你平日總不留意別人的說話。」

亞佛烈德無奈地笑著，還從懷中拿出了紙筆，寫下了IGNIS這個字。

「伊格尼斯，拉丁語火焰的意思。JM不是有提過爐火會告訴他關於外力的事嗎？指的就是這個吧。」

「還真的有人告訴他啊？」路爾斯睜大了眼睛：「我一直都以為這又是他用來敷衍我們的說法而已。」

「的確，那個伊格尼斯好像甚麼都知道的樣子，還不停強調自己是主人。」

莎芙倫本來還想說出自己看見有個男孩被審問的影像，不過又想到這可能是一件很秘密的事情，路爾斯和亞佛烈德也不一定知道，倒不如先解決最大的問題吧。

「而且，」莎芙倫從背包中拿出一個文件夾：「他還給了我這個。」

「這是甚麼？」路爾斯一看到那文件夾的厚度，已露出一臉厭惡的表情。

「剪報、筆記，甚麼都有，都是關於幾年前發生在伍德海恩斯學院的幾宗學生自殺案。」莎芙倫翻開文件夾的第一頁，向二人展示了那份剪報標題：「這是一份調查紀錄，我想這是JM第一宗調查的案件。」

「學生在學校天台跳樓自殺嗎？」路爾斯讀著剪報：「而且還是一連三宗，真可憐呢。」

「不單止，這裡面還有很多問題，我沒辦法看得懂，例如這邊收集了大量占卜和魔法的資料，還有這幾頁都是一些訪談記錄，提到一個關於伍德海恩斯的女鬼的都市傳說。還有這一頁，你們看。」

莎芙倫一邊說一邊翻著那個文件夾，然後停在一頁滿是不明符號的手寫筆記之上。

「我完全看不懂這是甚麼，是文字嗎？」

路爾斯看著那頁筆記，臉色一沉：「雖然我看不明白，但直覺告訴我這絕對不是甚麼好東西，對吧？」

路爾斯看向亞佛烈德，不過他只是一臉凝重，卻沒開口表示同意或反對。

「還有就是最重要的一點。」莎芙倫又翻著文件夾，翻出一幅幾個人於畫室中的合照，旁邊則標注著美術部幾個字。

「這個女孩叫瑪麗．克利福，」莎芙倫指著合照中站旁邊的女孩：「她正是這些事件中最後一位死者，還有旁邊這個是美術老師尼爾遜．格雷，他被指教唆學生自殺，被判到精

神病院接受治療。」

「還有就是他。」莎芙倫的手指來到照片正中央，一個留著三七分土氣髮型的男生之上：「這個人叫凱文．布列特，很巧合地，他現在正於都會女子學校當老師，而且還正正就是前幾晚事件中，死者和在場證人的班導師。」

「甚麼？讓我看看。」路爾斯還把那厚重得很的文件夾拿到手上：「那有這樣子的巧合了，他肯定有問題吧，亞佛烈德，你說是不是？」

不過亞佛烈德只是定睛看著照片，仍然沒有說出任何話。

「這兒多半牽涉了神秘力量，而且警方也可能會有這些案件的相關資料，」莎芙倫說：「所以就想到問問你們的意見了。」

「我也同意你的說法，這當中肯定有那些奇怪外力，而且現在又有新的事件，得想想辦法呢。」路爾斯又在抓著他那頭黑卷髮，但也沒有得出甚麼想法，便以求助的眼神看著身旁：「亞佛烈德，你怎麼從剛才開始就一直不說話呢？」

亞佛烈德這才動手翻了文件夾：「死者就這三人？裡面有提到其他自殺案嗎？」

「沒有，」莎芙倫肯定地回答：「我前前後後翻過很多遍了，那段期間就三個女生自殺，都有包括在裡面。」

「伍德海恩斯學院這些事件確實有可疑之處。」亞佛烈德合上了那個文件夾，並放回桌上：「但很抱歉，這些事我今天也是首次聽到，暫時也沒有甚麼實際意見可以提供給你。」

亞佛烈德頓了一下，才接著說：「不過，莎芙倫，想要知道事情全貌的話，就只有最直接的一個方法，這是我衷心的建議。」

「找JM談談吧。」

找JM談談嗎？真是談何容易了。莎芙倫從來都不知道如何才能和JM好好談話，而且要問到伍德海恩斯學院的話，那不是必定要提到她手中那個文件夾嗎？要是讓JM知道她擅自進入了那間一直上鎖的書房，還偷看裡面的東西，也不知道會有甚麼後果。

莎芙倫只能祈禱，現在手中這個路爾斯所說的護身符，真的如他所說這麼有效。

「回來了啊。」

莎芙倫剛進門，竟然響起了歡迎語，實在讓她感到意外。JM竟然沒有躲在書房內，而是坐在吧台旁，他面對的手提電腦屏幕正亮著，旁邊的煙灰缸中還有白煙升起。自從搬

進來以後，莎芙倫也沒看過JM會在客廳工作，雖然這或許是找他談話的好時機，但這個時機來得實在太突然，現在莎芙倫還沒作好心理準備，怎麼說也是先溜進房間計劃好一切才迎戰會比較有把握。

「對啊。」莎芙倫隨便回答，她的目標只有客廳另一則通往睡房的門。

「慢著。」JM皺皺鼻子：「你有話要跟我說吧，是甚麼？」

然後還伸了手拿過莎芙倫手中的紙杯，那是一杯咖啡。

「你說甚麼了，這是——」

「給我的吧？As Usual獨有的混合豆風味。」JM已自顧自打開杯蓋，呷了一口：「你不喝黑咖啡，而且也不知道As Usual這家店，更別說知道這是我喜歡的口味了。不過你找小少爺有甚麼事呢？最後也解決不了，才不得不回來找我，跟賈斯敏．梅爾有關吧。」

有時太過料事如神實在會給人自大囂張的感覺，不過既然都被他說中了，莎芙倫也沒話好說。

「該由那兒說起呢……」莎芙倫只得硬著頭皮回答：「其實是賈斯敏那位老師，他叫作凱文．布列特，對吧？」

「你猜得沒錯，我本來就認識他。」JM若無其事地說，又喝了一口咖啡：「但你怎麼會跑去問小少爺的，你認為他會知道嗎？」

「這個……我怎麼知道……」

「一個問題，」JM又說：「看在As Usual的混合風味份上，我可以回答一個問題，珍惜你的機會啊。」

一個問題？莎芙倫現在滿腹都是問題，問一百次也未必能完全滿足她的求知慾。不過既然只有一次機會，那就先弄清楚目前最大的疑問吧。現在莎芙倫最關心的還是賈斯敏的情況，還有她身上的謀殺嫌疑，要是另有兇手，那也是間接證明了賈斯敏的清白。

「凱文．布列特會是兇手嗎？」莎芙倫急著喊出這個問題：「我意思是說，他有可能殺害菲妮絲．柯爾曼嗎？」

JM怔了一下，他直視著莎芙倫的眼睛，然後還站了起來，上上下下的來回看著莎芙倫。

「或者是……」莎芙倫被他瞧得渾身不自在，下意識調整了身體的角度：「教唆自殺呢？凱文．布列特有可能說了甚麼或是做了甚麼，導致柯爾曼自殺嗎？」

剛才一直持續的輕鬆氣氛已經蕩然無存，JM的臉上只剩下沉重，看著莎芙倫的視線也一直沒有轉移，這視線也令莎芙倫緊張得屏息靜氣，說不出話來。

良久，JM才回到他原來的坐位上，還把手提電腦轉向莎芙倫。

「嗯，」JM平靜的語氣中，卻蘊含著一絲微小得難以發現的抖震：「的確有這個可能。」

太好了，莎芙倫這才舒了一大口氣。

屏幕顯示的是一個熱門社交平台的版面，莎芙倫自己也有使用，她當然一眼就認出來。

「我剛才就是在調查菲妮絲．柯爾曼的事情，」JM木無表情地說：「她身邊的家人朋友，有沒有讓她自殺或是被殺的可能。」

社交平台上顯示著一幅又一幅的照片，都是一些女孩子的生活照，美食、衣服、潮流飾物等等。

「菲妮絲．柯爾曼……她的家境應該不錯呢。」莎芙倫嘀咕著：「不過你怎麼翻人家的社交平台了，你這不是侵犯別人的私隱嗎？」

「我就是收錢專門侵犯別人私隱的，你不知道嗎？」JM似是說著笑話，但臉上卻全無笑意：「而且到現時為止我也沒有侵犯她的私隱，是她自己公開的。」

JM接著點開了一幅照片，上面是兩個女孩的合照。這是莎芙倫首次好好看著菲妮絲的臉，那個燦爛的笑容，和莎芙倫腦海中刻印著那張淌著鮮血的臉雖然截然不同，但還是讓她心底泛起一陣寒意。

「她是朱妮．葛林，柯爾曼最親近的朋友，當然也是凱文的學生。」JM指著照片中另一個留鮑伯頭的女孩：「她的好朋友突然過世，我想她應該受到了不少打擊，你不是也在參加一個創傷互助小組嗎？或許你可以幫幫她啊。」

「慢著，我不明白，」莎芙倫側著頭：「我們剛才不是正在談布列特的嫌疑嗎？」

JM又是一陣沉默，還把他手上那杯混合風味咖啡一下子喝到底，才說：「我會告訴你的，我們去見一個人吧。」

「但另一方面，我希望你能幫忙，看看能從朱妮．葛林那兒挖到甚麼。」

JM低著頭，又開始喃喃自語：「關鍵的鑰匙呢，一定要找出來。」

5 刑罰

JM說他們前往的是一家醫院，不過在經過入口的雙重圍牆，還看見圍牆頂部的帶刺鐵絲網和密密麻麻的監控攝影機之後，莎芙倫覺得這兒應該叫作監獄才對。

「不對，是高保安度的精神科病院。」JM更正了莎芙倫的說法：「這兒主要的作用還是提供治療服務，所以是醫院啦。對了，你第一次來，得先辦登記手續。」

這個登記手續也是辦得十分嚴謹，除了一般個人資料之外，連指紋也要紀錄下來。正式進入醫院範圍之前還得把醫院所列出那一大堆禁止攜帶的物品放進儲物櫃，不要說金屬、利器，就連飲品食物，還有包括手機在內的所有電子產品都不可以帶著進內。莎芙倫把智能手錶脫下時瞄了旁邊的JM一眼，他在儲物櫃內放的東西竟然出乎意料地多，除了手機、香煙和打火機之外，還有一大堆雜物，還有些莎芙倫不知道的小瓶子和電子儀器。

「嘩，你帶這麼多東西在身上啊？」莎芙倫不禁驚訝說：「怎麼平時都看不出來。」

「噓。」JM瞧了莎芙倫一眼，眼神中帶點怒氣：「保持安靜，不懂嗎？」

被JM這麼一說，莎芙倫也不敢再多話，看著JM把一個青銅手柄的手持式放大鏡放進儲物櫃然後關上，她自己也立即關好面前的儲物櫃，緊緊跟在JM身後。

入口前面還有檢查櫃台，來訪客人需要把隨身包放上X光機，本人則需通過金屬探測儀，就像機場的保安那樣嚴密。接下來則是在工作人員的帶領之下來到會面場所，這一連串的嚴密檢查，沿路嚴肅的空氣和JM的沉默，都讓莎芙倫不自覺地緊張起來。

會面場所是一個有著大玻璃窗的廳堂，雖然室內陽光異常充沛，但莎芙倫注意到的只是被固定在地上的桌椅，牆上沒有掛上任何裝飾，桌面也是空蕩蕩沒有任何擺設，領他們到來的職員就正正站在他們身旁，臉上毫無表情。

莎芙倫坐上了那張不能移動的椅子，也不知是不是和桌子之間那固定的距離使然，她的腰板挺得很直，放在桌上的雙手握起拳頭。沒有了手錶，莎芙倫無法得知等了多久，五分鐘或是十分鐘呢？她只覺得等待時間格外漫長。

終於，門打開了。先進來的是兩名工作人員，然後才是那個穿著淡藍色病人服的男人。梳理整齊的短髮雖然已是一片銀灰，但他看上去並沒有那麼蒼老，可能只是四十歲左右。他的神情安靜平穩，眼角還隱隱流露著笑意，手上拿著一本厚厚的本子，從大小和紙質看來像畫簿，不過釘裝卻使用一般圖書的膠裝方式。

JM從座位上站了起來，還率先打了招呼：「格雷老師，好久不見了，你最近還好嗎？」

「還是那樣吧。」尼爾遜沒在意JM對他的稱呼，只是慢慢地坐下：「來吧，都坐下。」

椅子拉不動，莎芙倫剛才急急忙忙跟著JM直直地站起身，現在又硬硬地坐回去。

尼爾遜直勾勾地看著JM，連一眼也沒看向在旁的莎芙倫。好一會兒，他蒼白的臉上才泛起一絲笑容。

「這種髮型不適合你，你年紀還小，跟這種髮型不搭，看起來不倫不類的。」

尼爾遜一來就語出驚人，連莎芙倫也吃了一驚。先不說JM本來就對他那個把瀏海全梳向後的髮型有著一種旁人無法理解的執著，而且即使連並非英國人的莎芙倫也知道，直接評論別人的外表在英國文化中是一個非常無禮的行為，即使是十分稔熟的朋友，要對別人外表作出意見時也必須小心用詞，一不留神可是會引起風波的。

更何況，面前這二人，怎麼看也不會是很親近的關係。

莎芙倫偷偷看向JM想知道他會如何反擊，不過JM只是自嘲似的稍一苦笑，便又一臉正經地說：「其實今天來探訪你，是有件事希望向老師你請教一下。」

尼爾遜聽著又笑了：「為甚麼？你不是能看通一切嗎？還有甚麼事要讓你專程來詢問

一個瘋子呢？」

他的意思是指JM那個特別能力嗎？莎芙倫還不知道，她只覺得必須打醒十二分精神，不然只要她一分心，可能就立即跟不上二人的談話內容。

「最近有一個女孩在她就讀的學校墮樓身亡，她的胸口有一道長長的傷痕，心臟被拋出體外時還跳動著。」

「這和我這個一直住院的病人有甚麼關係了？」

「你認為這會是模仿你的案件嗎？」

「模仿？怎麼可能。」尼爾遜若有所思，才又說：「除非是瑪麗親自指示的吧。」

「那麼會是她嗎？」

雖然JM還在掩飾，但就連旁邊的莎芙倫也看得出他在聽到那個名字之後那份激動。

「你確定你要在這所精神病院，跟我這樣的精神病人談這樣的話題嗎？」相反尼爾遜卻氣定神閒：「她可是惡魔呢，就是那種要求人類出賣靈魂來交換願望的惡魔。」

「還有甚麼方法可以接觸到她？」

「我已經失去了通往她的鑰匙，這點你比我還清楚吧，還有甚麼方法嗎？」

JM沒有作聲，不過他的視線仍一直留在尼爾遜身上。

「別這樣，這兒的醫護人員教我要經常保持輕鬆的心情，繪畫可是個不錯的活動。」尼爾遜一邊說，一邊打開他手上的畫簿：「素描是繪畫的基本，你看這兒。」

打開的一頁是一幅素描，一眼就看得出來畫的是個正方體，就像那種錯覺立體圖。

「只要有適當的技巧，我們還是可以在二維的平面空間表達出三維立體感覺，只需要利用光線，還有陰影。」尼爾遜解說著：「只從正面看的話還能瞞過別人，可是從另一些角度看，就完全不行了。」

「抱歉，你到底想表達甚麼？我不明白。」

尼爾遜沒有回答JM的提問，卻突然轉向莎芙倫：「你就是瑪麗嗎？他現在的瑪麗。」

還在莎芙倫完全不明所以，腦中一片空白時，JM已經伸出手擋在她面前：「跟她無關，你在說甚麼了。」

這個突如其來的動作甚至引起了旁邊工作人員的注意，其中一人已上前拍著JM的肩膊，請他保持冷靜。

「你看你，像甚麼了？」尼爾遜看到這一幕便笑著：「是瑪麗又在對你說話嗎？」

「不對，你不叫她瑪麗。你是怎樣稱呼她的？」

尼爾遜仍然笑著，莎芙倫從他嘴唇的弧度感到一陣刺骨的嚴寒，但眼睛卻不由自主地

僵住，視線無法轉開。那片嘴唇還在動著，無聲地吐出一個字詞。

「夠了！」JM大喝，同時猛然站了起來：「你——」

「先生，抱歉，我想今天的見面必須終止了，」一旁的工作人員已經上前阻止JM有任何進一步的行動：「請你離開。」

「很好！」JM甩開了拉住他的手，便自顧自轉身離開，連告別的話也沒有說一句。

莎芙倫見狀亦只好立即跟上，但卻被身後的尼爾遜叫住。

「年輕的女士，你得要小心。」尼爾遜慢慢地說：「我雖然被世人看成瘋子，不過，

尼爾遜舉起食指，指往自己的太陽穴然後慢慢轉動。

「他才是那個用技巧瞞騙世人，硬裝正常的瘋子。」

黑色的福特在離開醫院後一直往東北行駛，莎芙倫雖然不太熟悉道路規則，但她也知道即使是高速公路，還是有車速限制的。來的時候花了一個小時，現在從醫院離開才二十分鐘多一點，車子就已經轉進了M25高速公路，也就是說已經回到首都圈，照這樣子下

去，應該不出二十分鐘就會回到家中。

換句話說，莎芙倫最多就只有二十分鐘時間來尋求她心中那一大堆問題的答案，因為不消多說，JM回到家之後也肯定會關起書房那扇門。但同時莎芙倫又不敢開口，車速快得令她的背部一直緊貼著座椅，現在讓駕駛者分心實在不是一件明智之舉，但更危險的，還是JM那張木納得嚇人的臉，莎芙倫根本猜不出他現在到底是極度冷靜，還是過份激動。

「喂，你開太快了，」最後莎芙倫想到一個適合的開口方式：「慢一點好嗎？」

「有嗎？」

「當然了，你自己看看錶板啊。」

可是JM連頭也沒轉一下便說：「快一點有甚麼關係？」

「有些話，我想跟你說。」

「無聊的話可以放點音樂。」還沒說完，JM已按下音樂播放器的按鍵，搖滾樂亦隨即響遍車廂之內。

「不是啦。」莎芙倫卻隨即按下停止鍵，音樂頓時中斷：「有些事，我一定要問清楚。」

「你覺得我會告訴你嗎？」JM還是一樣木無表情。

「你會的，你帶我來就是希望告訴我這些事，不是嗎？」

JM沒有答話，他的視線仍然保持在前方，不過錶板上速度計的指針，終於在車子轉入M4公路之後，以逆時針方向轉動了一點。

「那個尼爾遜．格雷，他到底是誰？」莎芙倫心中有很多疑問，也不知從何說起，她也考慮了好一陣子，才決定以這個問題作開始：「我的意思是，他是個怎樣的人？」

「你怎麼還要問了？」JM冷冷地回答：「你不是都知道嗎？」

「我只知道他原本是伍德海恩斯學院的美術老師，幾年前他的妻子和女兒意外身亡，並疑似因此而患上思覺失調症，更為了讓家人復活而教唆學生自殺。」

「不就是這樣嘛。」

「但那些學生真的是自殺的嗎？教唆別人自殺這種事，真的這麼容易辦得到嗎？」

「從現實層面來說，那些學生的確是自殺的。」JM不耐煩地說：「簡單一點，你就想像那些學生是被邪靈附身好了。」

「那麼那個邪靈就是格雷嗎？」

「我不能說這是一項正確的陳述。」JM頓了一下，才繼續他的說明：「你很清楚這個世界有很多人類不能察覺的生命體吧，這點我不多說了。」

莎芙倫嚥了一口口水，每次說到那些超自然力量，也會讓她感到渾身不自在。

「那個生命體會讓人類感到絕望，失去理智，最後陷入瘋狂之中，結束自己的生命是唯一能讓他們重獲安寧的方法。」JM繼續說：「這就是格雷老師口中的惡魔瑪麗，我們暫時也沿用這個稱呼吧。所以嚴格來說，格雷老師自己也是受害者。」

「是這樣嗎？我還以為你們說的是瑪麗．克利福，」莎芙倫說：「就是自殺事件中的死者。」

「她嗎？雖然也有關係，但她的事又是另一個故事了。」

「那麼為甚麼叫瑪麗了？是那個惡魔告訴格雷說自己叫瑪麗嗎？」

「你有聽過一個都市傳說，叫血腥瑪麗嗎？」

「當然了，這個好有名。」莎芙倫急不及待地說：「傳說半夜十二時在鏡子前喊她的名字，她就會現身，有可能會告訴召喚者他的未來，但也有可能會殺掉召喚者嘛。」

「各地流傳的版本也有差異，」JM仍然看著前方：「你這個說法只是其中一個，格雷老師說的，又是另一個版本。」

「根據他自己的說法，他從儀式中召喚到那個瑪麗，她更答應只要奉上人類的鮮血，便可以讓他復活妻女的願望實現。而且奉獻的方法還非常簡便，格雷老師不用自己動手，只要把血腥瑪麗的傳說告訴別人，讓那些祭品自己執行召喚儀式，瑪麗會親自索取她的報

酬，就是奪取那些人的理智，讓他們自行了斷。」

「所以你才會說那些女學生都是自殺的啊。」莎芙倫整理著她剛得回來的資訊：「但結果格雷的妻女有復活嗎？沒有這樣的事吧？」

「沒有。」JM淡淡地說，頓了一下，才作出補充：「格雷老師認為是我的某些行動才讓他的願望落空。」

良久，JM才繼續他的話：「但其實，我只對這個所謂惡魔瑪麗到底是甚麼東西有興趣。」

「血腥瑪麗不就是瑪麗一世嗎？」

「還有另外的傳說，有說是歐洲一名專門屠殺少女的女伯爵，也有說是一個會以少女鮮血洗澡的伯爵夫人，」JM說的時候，莎芙倫竟從他的側臉讀到一點落莫的情緒：「不過在伍德海恩斯學院這兒，還有一個說法，說那是一名女學生的亡靈。」

「這還不簡單了，不是說格雷要奉獻人血，他會讓目標自行召喚血腥瑪麗，由那惡魔動手嗎？要知道那東西的真身，召喚看看不就行嗎？」

莎芙倫只是衝口而出，根本沒考慮到自己說的話會讓聽者意會到甚麼樣的意思。

「我試過了。」JM的臉上仍然看不出任何表情：「但我沒有遇上那個瑪麗，反而是召喚出更讓人嘔心的混帳東西來。」

「是甚麼了？」

面對莎芙倫的追問，JM只擠出了一個冷笑：「那跟這個事件算不上有直接關係，總之你知道不是好東西就夠了。」

「所以你還不知道那個瑪麗到底是甚麼，」莎芙倫唯有轉個說法：「而現在又有學生墮樓，你懷疑又是這個瑪麗作祟對吧。」

「這瑪麗本來就不存在於這個世界，她是被召喚而來的。」JM說：「剛才和格雷老師的對話，我也相當肯定我的想法沒有錯，那就是又有人知道了召喚這個瑪麗的方法。」

「慢著，你這樣積極，原來就只是為了追尋這個瑪麗的身份嗎？」莎芙倫卻發現了一個她所不能接受的事實：「你不是為了替那些女學生伸張正義，或者阻止悲劇再度發生嗎？」

JM沒有作聲，在莎芙倫眼中這反應就等同默認，直接讓她的不滿上升。

「所以你上次說了謊，沒有讓格雷受到制裁，你不是在期待著這樣的事情再次發生吧？」莎芙倫高呼著：「為甚麼？那個瑪麗到底是甚麼東西了，就是有人命犧牲你也在所不惜嗎？」

車子卻突然剎停，那陣衝擊讓莎芙倫的話說不下去。

「很好。」JM的語氣瞬間降至冰點：「你終於承認你偷看我的東西吧？」

「這個……我……」莎芙倫這才發現自己說漏了嘴，她是不應該知道伍德海恩斯案的結論是由JM的意見中歸納出來的。

「下車。」

「不是的，我只不過想幫忙——」

「我從來沒有要求你幫忙啊。」JM卻不讓莎芙倫說下去：「我不是說過那個房間，絕對不能進去嗎？」

「的確是我不對，我為此向你道歉，不過——」

「說實的，人命甚麼我從來都不在乎，」JM再次打斷莎芙倫的話：「甚麼伸張正義？小孩子的遊戲，你自己慢慢玩下去好了。」

「不是的——」

「沒有不是，我就是這樣的人。」JM越過莎芙倫開了車門：「下車。」

莎芙倫沒再說話，只得離開車廂。然而看著那輛黑色的福特就這樣絕塵而去，莎芙倫心底卻滿是苦澀，這當然不是因為剛剛被罵個狗血淋頭，是自己不守承諾在先，這點她自己也十分清楚。

莎芙倫還在思考讓她眼框全濕的原因。

6 信任

紫紅色的晚霞遍佈整個天空。雖然位於市中心，而且這兒樓高只有四層，不過由於旁邊的建築物也僅是類似的高度，所以這個天台的視野亦算良好。

這亦是JM一直站在樓梯口旁邊的原因，他點起了手上的香煙。

其實這所都會女子學校的背景，和過去發生事件的伍德海恩斯學院非常相似。兩所學校也有超過一百年歷史，一樣是傳統的私立名校，每年的大學入學率排名榜中，都會找到這兩所學校的名字，不是都會高一兩級，就是伍德海恩斯排名稍先。唯一比較明顯的差異之處，就是這兒是所女子中學，而伍德海恩斯是所合校。

不過JM眼前卻有個因素，足以讓他無視這麼一點差異，把兩件事串連起來。JM瞇起眼睛，待他呼出的白煙消散後，那個身影亦逐漸清晰。

「我想她大概是從這個位置掉下去的，」凱文站在天台邊沿的圍牆旁：「你要過來看看嗎？」

眼前的凱文精明冷靜，但JM腦中浮現的卻是六年前他那個模樣。

「瑪麗怎麼可能自殺？你為甚麼要說她是自殺的？」

那個凝住眼淚、滿臉通紅、留著三七分的書呆子，揪住自己衣領拼命喊著的，就是這句話。他當時撕心裂肺的樣子實在太深刻，所以即使沒有明言，JM也十分肯定凱文和死者瑪麗的關係，並不單止同樣是美術部社員這麼簡單。

「你怎麼不過來這邊了？」凱文仍向倚在樓梯口旁的JM喊著：「不是你說要看看這兒嗎？」

「不用了。」JM也提高聲量回應：「我在這兒，就知道大約情況。」

JM今天的主要目的是要確認過去和現在之間的關聯，在他的預計中，根本沒有需要走到天台的邊沿位置。

「喔，對了。」凱文突然才想起某個重點，於是才急步走回JM身邊：「抱歉，我都忘了。」

JM沒有就此作出回應，而是帶出了他本來就預備好的對白：「有些事得告訴你，警方應該很快會把柯爾曼的事，以自殺結案。」

「又是這樣嗎？」凱文一臉黯然：「不過這也是沒有辦法的吧。」

「瑪麗的事，」JM緩緩地呼出一口白煙，才說：「你還很在意，對吧？」

「怎麼說呢，過了這麼多年，很多事我也想通了。」凱文凝望著天上一片片的雲彩：「不過我偶爾也會想像，要是她還在世，那現在又會怎樣呢。」

要是她還在世，那又會怎樣呢？JM卻被凱文的這句話，牽進了另一陣思緒之中。

隨風飄揚的髮絲和裙擺都是黑色的，伸出的手卻是那麼蒼白，待得他回過神來，她已經成為了只在深淵底下綻放的黑色薔薇，每當他俯視那道深不見底的黑暗時，他都感受到那陣呼喚，催促他回到他的歸屬，面對他曾經逃避了的事實。那是一種無從抑制的衝動，他知道總有一天，他得清還過去的一切債項。

不過還不是今天，所以JM從不置身高處，他仍未打算接受那道來自深淵的呼喚。可惜的是，他也無法看見她還在世的光景，那是無論怎樣想像也無法構成的畫面。

JM看著凱文，儘管他臉上那個微笑帶著遺憾，不過那終究是一個笑容，JM始終覺得自己當時的決定，是正確的。

「對了，你上次不是問我，有沒有見過格雷嗎？」

「我有這樣說過嗎？」

JM故意這樣說，因為他的決定是正確的。

「想不到我竟然和那個人一樣成為了中學教師，更同樣經歷了學生死亡這種事情。」凱文看著遠處：「真想知道，當時瑪麗過世的時候，他心裡到底在想甚麼。」

「你是在介意柯爾曼的死嗎？」

「當然了，柯爾曼是我的學生啊。」

凱文說了出口，才從JM的眼神中意識到這個問題的真正意思。

「好吧，你已經知道了嗎？沒錯，她是對我有點執著，不過這沒甚麼的，這個年紀的女孩子都是這樣，我也可以坦白告訴你，柯爾曼的確是個品學兼優的學生，但除此之外，我對她完全沒有特別感想。」

「嗯，」JM眨眨眼：「我明白。」

JM把手中的香煙抽到底再弄熄，這一切對話內容都如他預想那樣，也就是說，他的推測，準是沒錯。

「關於柯爾曼，我有一件事想請你幫忙，」JM接著說：「她在班上有個要好的朋友叫作朱妮．葛林，對吧？」

「怎麼了？」

「我想找個機會和她談談，」JM拿出手機，轉發了一個訊息給凱文：「這兒有個不錯的地方，我剛剛把資料發給你了。」

凱文一看那個訊息的內容便皺了眉：「這種地方嗎？以她的性格來說，她應該不會感興趣才對。」

「所以才要請你這位班導師幫忙嘛，而且，」JM揚了揚眉：「說不定，她真的能在這兒找到幫助啊。」

「這樣嗎？那我試試看吧。不過我也有個問題，」凱文也不讓JM有機會拒絕，便說：「上次在警察廳那個亞洲女孩，她是你的朋友嗎？」

說的是莎芙倫，JM完全沒想到凱文會提起她，不由得眉頭一皺：「她怎麼了？她不是來煩你吧？」

「沒有啦，」凱文淡然地笑了：「不過我看她似乎和梅爾交情不錯，或許她可以從梅爾身上問出甚麼。畢竟到現在，梅爾仍是甚麼都不肯說。」

JM沒說話，只是故意看了手錶。

「我完全不明白這種人的想法，難道他們以為把真相埋葬，事情就可以一了百了嗎？」

這句話實在是太尖銳，JM只得迴避了凱文的目光。

「她叫莎芙倫，我是說那個華人女孩。我會讓她再跟梅爾談談的。」

「嗯，」凱文拍拍JM的肩膊：「這次就別再讓我失望了。」

銀色的打火機流轉於五指之間，清脆的打火機蓋聲起起落落，打火輪不斷被磨擦而點起了火光，又被閉上的蓋子所熄滅。火苗興衰交替，讓這個昏暗的房間忽明忽暗。

JM則看著手中明暗不斷的火光而出神。

「你到底在煩心甚麼了？」黑暗中的聲音就在JM要關上打火機蓋之際響起。

「沒人說我在煩吧。」JM把打火機放在那張凌亂的小書桌上，任火苗繼續燃燒。

「你要是覺得煩，去確認一下不就好了。」

JM只是閉上了眼，讓書房中一切都歸於靜默，甚至連兩座牆壁之後的微弱打字聲，也顯得突兀刺耳。

「不用了。」JM這才緩緩張開眼，再次凝視著那點晃動不定的火苗：「倒是，我想問，為甚麼。」

「為甚麼？」黑暗中的聲音帶著不屑：「這是必須的吧，不是嗎？」

「這是我的私事，用不著你來管吧。」

「私事？別忘了你答應過付出的代價，在那個前題下，沒有甚麼能說是私事吧。再說，那件事本來就是所有事情的開始，我又怎能袖手旁觀？」

JM冷哼一聲，說：「那我豈不是該謝謝你了。」

「這個當然，你得經常懷著敬畏和感恩的心。」

「不過你讓她捲進來，不是讓事情變得更麻煩嗎？」

「這可不對了，」黑暗中的聲音變得狡猾：「是我讓她捲進來的嗎？」

「那我得澄清一下，即使她住在這兒，也不代表甚麼。這間房子對她來說，不過是個暫時留宿的地方，她也不應該知道那些和她不相關的事才對。」

「真的如你所說那樣嗎？」

「算了，」JM一手握住打火機，猛力一甩，蓋子便關上撲熄火苗：「閉嘴吧。」

「好吧，那你真的會履行對凱文·布列特的承諾嗎？」

沒有了火苗的照亮，書房已歸於一片漆黑，聲音更加是充滿了整個房間，縈繞不斷。

「嗨，我不是說夠了嗎？」

「沒有沒有，我不過是指你是不是要讓她繼續調查，就這樣而已。你會讓她向賈斯

敏・梅爾套話嗎？」

「我現在只想讓你的聲音從我的頭顱中滾出去。」JM大喊，還把手中的打火機擲在地上。

「那我更加不能住口了。」

聲音瘋狂地笑著。

賈斯敏的房間和她本人的感覺非常相襯，房內的布置清一色以黑色為主，僅有的一扇小小玻璃窗，現在也被黑色的魔法陣掛布遮蓋，置物架上堆滿大大小小的瓶瓶罐罐，書桌面則散落著閃亮的石頭和乾燥植物的碎屑，大量的雜物使得房間的光線更加微弱，所以即使像現在的午間，也要亮起電燈，室內才夠明亮。

不過莎芙倫毫不在意，她現在的睡房也是相類似的情況，她也開始習慣午間便亮起所有的燈。

「結果他真的把我就這樣丟在路上，」莎芙倫訴說著自己心中的不憤：「這之後幾天都沒再跟我説話了。」

當然她沒有把爭吵的原因和詳細經過都通通説出來，畢竟賈斯敏怎樣也是涉事者，有些事情也不方便向她説明，例如幾年前曾經在另一所學校發生過類似的事件，當時疑似兇手的老師現正關在精神病院，那人更加是凱文．布列特的中學老師，這當中的種種巧合，莎芙倫根本不知能怎樣説明，也就乾脆不向賈斯敏提及了。

賈斯敏當然也沒有追問詳情，她只是靜靜地聽著莎芙倫的話。

「別説他了，那你這幾天怎樣？警察還有煩你嗎？」

「還是那個樣子，隔一兩天又要我到警察廳，問的都是那些問題。」賈斯敏苦笑了一下：「不過也就這樣而已，我沒話要跟他們説，他們也不能對我怎樣。」

其實莎芙倫也想向賈斯敏問明真相，不過她知道現在也許還不是時候，她也答應過不會追問賈斯敏任何問題。

「不過你就沒想過跟警察好好説明嗎？」所以莎芙倫只得迂迴著説：「都説出來的話，他們就沒藉口再煩你，不是更好嗎？」

「不，他們不會相信的。」賈斯敏説著，伸了個懶腰便由得自己的身體倒在床上：「他們從來就沒相信過我説的話，我説了也是多餘，不如不説好了。」

「你就這麼肯定啊？」

「當然，我一看他們那種嘴臉就馬上懂了。你知道嗎？他們還派了人暗中監視我，可是都被我看出來了。」

賈斯敏躺著，莎芙倫雖然沒親眼看到她的表情，心中卻清楚描繪出賈斯敏揚著嘴角歪笑的樣子。

「他們越是要知道，我就越是不會說，要懷疑的就讓他們懷疑到夠吧，反正完成不了工作的是他們，我可不在乎。」

這樣鬧彆扭的行為，讓莎芙倫立即聯想到一個人，還有對深沉色系的偏愛，對別人毫不友善的眼神。

「嗯，那就先不要理他們好了。」莎芙倫知道自己是無論如何也說服不了這一類人的，就索性轉換話題：「對了，你上次不是說可以讓我看看你的塔羅牌嗎？」

「對啊，就在書桌的抽屜裡。」

既然賈斯敏這樣說，莎芙倫也沒有看到她要從床上起來，於是便走近了書桌。

「不對！」

當莎芙倫正要打開抽屜時，賈斯敏卻以極大反應大呼，還從床上跳起來，莎芙倫吃的一驚可不小，只得目瞪口呆地看著她。

幸好清脆的敲門聲及時響起，不然莎芙倫也不知下一步該如何反應。

「進來吧。」賈斯敏已經阻隔在莎芙倫和書桌之間，才揚聲說。

「賈斯敏，」打開門的，是賈斯敏的妹妹貝絲：「我拿了茶點過來，你們剛才沒甚麼吧？」

雖然莎芙倫早就知道她們是同父異母的姊妹，但二人無論在外型和性格上都相差很遠：賈斯敏身型高大，面龐瘦削眼窩深邃，而且說話老是硬邦邦的，渾身上下都散發著讓人難以接近的氣息；相反貝絲卻嬌小可愛，臉蛋和眼睛都是圓圓的，談吐舉止都顯出她很懂禮儀，就是那種一眼就能取得別人歡心的女孩。

這兩人真是怎麼看也不像同一個家庭長大的姊妹，要說到唯一的共通點，就只有二人那頭紅色的髮絲。

「沒甚麼，」賈斯敏急著說：「我們沒事。」

「因為剛才我聽見你大聲呼喊嘛，不過沒事就好，」貝絲輕輕在桌上放下了紅茶和餅乾，然後便看向莎芙倫。

「謝謝你來探望賈斯敏。」

「別客氣，不過是小事而已。」

「但對賈斯敏來說卻是很重要的事呢。」貝絲向莎芙倫展露出一個甜美的笑容。

「貝絲，你別多話了，」倒是賈斯敏一聽到這句話便漲紅了臉，還慌慌張張的似乎要把貝絲趕出去：「你不是還有事情忙嗎？快去忙你的事情吧。」

「那我也不打擾你們了。」貝絲還調皮地向莎芙倫使了個眼色：「你們好好聊天吧。」

莎芙倫也立即意會，便向貝絲回了個微笑。她覺得能和賈斯敏成為朋友，也是一種幸運。

雖然說這個房間的名稱的確就只叫作會客室，但既然在警察廳之內，莎芙倫怎麼想也只想到訊問犯人的審訊室，冰冷的金屬椅子，面前的小方桌，還有上面那盞亮得過頭的檯燈，一切都讓莎芙倫回想起那個書房中看見的奇怪影象。

現在JM就坐在她旁邊。自從那天去見過尼爾遜·格雷之後，二人都沒好好說上一句話，也不知是時機不對，還是刻意迴避。

「那麼，」坐在桌子另一則的麥斯，先是瞧了瞧莎芙倫，又瞧向另一則的JM，才慢慢說：「我們開始吧。」

二人都沒有回話，麥斯只好繼續他自己的演說。

「其實今天請你們過來，是想向你們更新關於都會女子學校學生墮樓身亡案件的資料。」

麥斯翻開他手上的檔案，照著上面的內容慢慢讀出。

「死者名叫菲妮絲．柯爾曼，十六歲，是都會女子學校第十二班的學生。上月二十三日午夜，許小姐目擊到她於高處墮下，然後倒臥於校園內的花圃，全身多處骨折。驗屍報告亦證實身上傷痕與高處墮下的情況脗合，估計是從旁邊的學校主樓天台墮下。雖然案件仍然充滿疑點，但礙於我們找不到任何直接證據，天台上亦無血跡，在沒有任何明顯導向他殺的情況下，警方將會以自殺作為此案的結論。」

麥斯一口氣說完，才又瞧了瞧他面前的二人。莎芙倫很努力地在筆記本上抄下麥斯所說的重點，而JM卻毫不留神，他一直托著頭，就像是自己思考著別的事情那樣。

「不過正如你們所知，這件事可不是這麼簡單的。例如當時在場的另一個女生賈斯敏．梅爾，她始終也對事件經過保持沉默，這樣令她相當可疑。」麥斯又繼續說：「而且死

者柯爾曼身上有一道傷痕，讓她整個身體被剖開，連心臟也被拋出體外，但我們怎樣也找不到是甚麼造成這樣又深又長的傷口。還有就是，許小姐當時聽到詭異的笑聲和看到紅色的鬼火。」

「我就這件事和隊長談過，他也贊成我跟你們談談。」麥斯把視線轉到JM身上：「隊長說，你幾年前調查過一件類似的事，可能對今次的事件會有特別見解。」

JM狠狠盯了莎芙倫一眼，才說：「兩件事的確有相似的地方，不過我還沒有找到很實在的關聯。」

「確實關聯的話，」莎芙倫趕緊把握機會開口：「不就是凱文．布列特嗎？他是伍德海恩斯案中死者的同學，又是現在都會女子學校的老師。」

「很好，那讓我聽聽你的見解吧。」JM卻說：「這兩者之間，實際上代表了甚麼。」

「不就是模仿的案件嗎？當時還是學生的布列特，模仿了他的美術老師尼爾遜．格雷，你之前跟格雷也是這樣說的。」

「你不是都看過我的筆記嗎？那你應該會知道兩件事情中有明顯的分別吧。」JM說，又轉向旁邊一臉茫然的警官：「不然，麥斯，你來告訴她好了。」

「咦，我嗎？」麥斯急急忙忙又翻開另一個文件夾，查看了一下裡面的內容，才說：

「幾年前伍德海恩斯學院的死者，都沒有被開膛剖腹，她們身上除了高處墮下有機會造成的傷勢之外，並無異常。」

「這個……」

莎芙倫一時語塞，倒是麥斯趕著緩和氣氛。

「雖然警方沒有重點把兩件事劃上關聯而放在一起調查，不過事實上兩者還是有很多相似之處，我個人是覺得不能完全無視啦。」

「我還是比較在意賈斯敏．梅爾。」JM沒理會莎芙倫，繼續向麥斯說：「她肯定知道甚麼。」

「梅爾嗎……我看看好了。」麥斯一聽到賈斯敏的名字便皺起了眉，同時不停翻著他手上的文件夾：「我們當日在案發現場找到梅爾，當時她正蜷縮在天台的角落，看來像是受到驚嚇，要躲避甚麼似的。但接下來的問話中她甚麼也沒說，就只是提出是死者菲妮絲．柯爾曼約她午夜到學校去。」

「就她們二人？」

「如果事實就是她所說那樣的話，對的。」

「對了，那兩個女孩當日身上帶了甚麼特別的東西嗎？可能可以從中推測出她們在學

校幹甚麼。」

麥斯聽JM這樣說，便翻出了另一張圖片：「這些就是梅爾當日的隨身物品，雖然都是些普通的東西。」

JM從麥斯手中接過圖片，都還沒細看，眉毛已經挑起，揚成一個明顯的角度。

看著JM和麥斯，莎芙倫立即想起賈斯敏說過的那種嘴臉，於是忍不住開口：「為甚麼你們從一開始就認定賈斯敏說謊呢？」

「每個人也有不想提及的經歷，一直被懷疑也一定不好受吧。」莎芙倫自己也沒注意到，她的視線已經完全落在JM身上：「而且別人越是懷疑，就越是不想解釋這種心情，不是很普遍嗎？」

JM只好把視線移離了他手中的圖片，直接回望了莎芙倫，可是他卻沒有說話。

「沒錯，這當中很可能有內情，但請你們先不要以殺人兇手的眼神看待賈斯敏。正如在法庭判決之前，所有人也是無罪的，何況現在警方連起訴賈斯敏的證據也沒有。」莎芙倫繼續說：「要瞭解真相也是有很多種方法的，不一定要老是提著抓兇手，難道就不能從賈斯敏的立場出發，給予她多點支持和鼓勵嗎？」

「說得還真動聽呢。」JM的嘴角確是向上揚起，可是眼睛裡卻沒有一點笑意：「實際上能執行嗎？單靠愛和關懷，你真的就能從她口中挖出事實來嗎？」

「我很有信心，」莎芙倫奮然站起來，直接面對著JM：「我會證明給你看的。」

莎芙倫還沒有熟悉警察廳內的環境，所以還是跟在JM身後最方便。JM也沒說甚麼，雖然他完全沒跟莎芙倫說話，不過還是讓她默默跟在自己身後，來到停泊在警察廳門外的黑色福特之前。

「你現在是回家嗎？」莎芙倫輕聲地說：「我接下來沒有事了，你可以送我回家嗎？」

JM不單止沒回應，甚至連一眼也沒看向莎芙倫，只是掏出了汽車遙控器解鎖車門。

莎芙倫也沒有說甚麼，她知道這時她需要自己拉開車門。

「上次擅自進入你的房間，的確是我不對，我再次認真的向你道歉。」車子發動後不久，莎芙倫便主動說：「JM，我們停止冷戰吧，好嗎？」

「好吧。」

沒想到JM竟然就這樣答應，不過也只有這樣的一個簡短回答，JM沒再說話，莎芙倫

也無法從他的臉上獲得任何關於他實際想法的資訊。

「那麼，都會女子學校的事件，」莎芙倫唯有在面上堆起笑容：「我們再一起調查吧。」

就是這樣了，莎芙倫一直自覺開朗友善，但在JM面前，她總是無法展現自己健談的一面。

「你的好奇心就那麼旺盛，」JM終於開了口：「都不能控制一下嗎？」

「這不單是為了好奇心的，」莎芙倫立即申辯：「賈斯敏是我的朋友，為了她，我得要把真相找出來。」

「真相，很好。」JM的冷笑也實在太明顯：「真相是甚麼，你瞭解嗎？你想要的，真的是實情嗎？」

「你不也是在追求真相嗎？你想要知道那個被稱為血腥瑪麗的東西到底是甚麼吧，不是嗎？」莎芙倫急不及待說：「我可以幫忙的，如果菲妮絲·柯爾曼的死是血腥瑪麗所造成，那麼在場的賈斯敏也很有可能知道些甚麼。」

「你真的那麼有信心讓梅爾開口啊？」

「其實她不是你們想像那樣的，她不過是個孤立無援的女孩，身邊所有人投以的不信任眼神讓她不得不建起高高的圍牆來保護自己而已。」莎芙倫胸有成竹地說：「我相信她，我也十分肯定她會明白，也能對我產生出信任。」
「可是到目前為止，你還是甚麼也沒問出來。」
「所以我們才需要一起調查啊。」莎芙倫越説越起勁：「現在我準是有甚麼關鍵還沒掌握到，但不要緊，你有的是分析和觀察力，而我則是熱誠和行動力，我們加在一起，不是剛剛好嗎？」
莎芙倫的優點可不單是熱誠和行動力，JM也很清楚她身上有很多自己所欠缺的特質，例如對別人的信任，同時還有獲取別人信任的能力。但問題是，這個特點對JM產生效用了嗎？JM再一次詢問自己，這個屢次不守承諾，又擅自偷窺別人私隱的女孩，值得信任嗎？
「目前還是要查出柯爾曼和梅爾之間的關係，不然我們根本無法推測這兩個女孩大半夜在學校幹甚麼。」
JM暫時還無法得出結論，他告訴自己需要更多的線索，才能歸納出答案。
「對了，你之前提過柯爾曼的朋友，叫朱妮．葛林吧。」莎芙倫積極回應：「她也是在同一個班級之上，應該知道柯爾曼和賈斯敏之間的事吧。」
「你還記得呢。」JM也終於展現了笑容：「那就好了。」

7 破裂

「雖然，爸爸媽媽都已經永遠離開了我，」莎芙倫咬了咬唇，才繼續說下去：「不過我相信，他們依然會在天國守護我，我也答應了自己，要好好活下去。」

說到這兒，莎芙倫抬起頭環視了在場的每一個參與者。特意把椅子排成圓形也是為了方便各個組員之間能易於交流，所以莎芙倫能清楚觀察到每一個人的表情，最後她的視線，落在坐於她對面的一個蓄鮑伯頭的女生身上。

「我還想特別感謝來這兒和我分享的每一位，還有發起這個互助小組的阿曼達。」

莎芙倫努力地提醒自己要保持自然的語調，視線也要適時隨自己的對白內容轉動，例如現在，她就要向她右側的女士投以感謝的目光。那個微胖的中年女性有向自己報以欣慰的微笑，那就準是沒問題了。

「我覺得能在這兒，說出自己的經歷，的確能幫助我排解心中的鬱結。」為了加強語氣，莎芙倫還特意轉向右邊，拉起阿曼達的手：「阿曼達，真的十分感謝你。」

「這就太好了，這兒成立的目的，就是為了幫助像你這樣的年青人。我知道像你們這個年紀，就只有跟同齡的朋友們才可以傾吐心聲，如果你們找不到適合的聽眾，很可能就會產生心理疾病來。」阿曼達點著頭，又轉向大伙兒說：「莎芙倫正是好例子，她的不幸雖然巨大，但在我們互相扶持之下，還是可以挺過去的，所以各位也不必擔心，讓我們一起分擔大家心中的負荷吧。」

「接下來，我們不如請新朋友跟我們分享一下吧。」阿曼達繼續說：「可以向我們介紹一下你自己嗎？」

隨著阿曼達的話，眾人的視線都落在坐於阿曼達正對面的男生身上。讓新加入的組員坐在發起人正對面是這個互助小組的傳統，好讓帶領討論的阿曼達能最易注意到新組員的情況。不過現在才是莎芙倫最緊張的時刻，她自己也沒注意到自己的雙手十指交錯成像是祈禱的姿勢。

「大家好，我……我是……」男生的聲量很低，說話也極不流暢：「我叫麥可……麥可……吉爾哈尼。」

莎芙倫深呼吸了一口，她索性閉起眼睛，不再讓那男生靦腆的樣子映進自己眼中，不然她可不敢保證那一刻她會忍不住笑出來。麥可．吉爾哈尼嗎？JM的演技確實很逼真。

「麥可，很歡迎你。」阿曼達溫和地說：「你有甚麼故事，想和我們分享嗎？」

「其實……我有一個同學……她……自殺了……」

莎芙倫把手移到下巴前方裝成一個認真聆聽的樣子，實際上她是要遮掩著自己那不受控制而上翹的嘴角。看著JM在那邊進行著他的個人表演，莎芙倫忽然明白到為甚麼他會對自己的髮型那麼執著，因為以他矮小單薄的身型，還有這個亂七八糟的瀏海，要裝成中學生可謂有絕對的說服力，再加上他這套不知從那兒弄來的中學制服，假如他以這個樣子在街上抽煙的話，準會被警察問話。

「所以我在想……或許……我對她的死……也有責任……或許……是我害死了她……」

JM的眼眶通紅，那微微抖震的肩膀顯出了他是如何努力不讓淚水掉下，連莎芙倫看在眼裡也差點為此而感動，不過這些都是編出來的台詞，莎芙倫還是知道的。

「我有一些話想說。」

舉手的是坐在JM左側那個女生，就是莎芙倫剛才一直留意著的鮑伯頭。她的名字叫朱妮．葛林，莎芙倫早就在柯爾曼的社交平台上看過她的照片，標誌性的髮型讓莎芙倫一眼就認出了她。

「我覺得……有同學自殺這種事，怎麼說我們也不可能是加害者，反而應該算是受害

者，不是嗎？」

「這一位也是新朋友呢。」阿曼達向朱妮笑著說：「可以和我們分享一下你的故事嗎？」

「我是朱妮·葛林，最近我的好朋友……也自殺了，就在事情發生前，我和她也因為一點小事，有點意見……」

朱妮說的非常慢，而且欲言又止。

「我本來就以為只是迷信，其實我不應該輕視的，」朱妮隔了好一會，才又說：「現在想來，我無論如何也應該阻止她的。」

迷信嗎？莎芙倫的眼睛閃出一絲光芒，她知道這就是她要特別留意的話題。

「我根本沒想過，真的會發生這種事……」朱妮的眼睛顯得越來越濕潤，聲音也開始哽咽：「我也不知道，菲妮絲為甚麼會……」

朱妮已經說不下去，莎芙倫也馬上把握機會，向坐在對面的她遞上紙巾。

「我是不應該嘲笑她的，」朱妮又再說：「我根本不知道事情會變成這樣。」

「等一下……」JM故意低頭嘀咕著，不過他的聲量卻控制在別人一定聽到的程度：「那意思是說她不單不信任朋友，還嘲笑她嗎？」

「不是的，我不是故意的。」朱妮一聽到便非常激動，她邊哭著邊說：「但那實在是太匪夷所思，任誰也不會相信吧。」

「對啊，那些神鬼之說都不過是無稽之談，跟她朋友的死無關啦。」

作為主持的阿曼達試著緩和氣氛，不過JM卻露出一臉委屈愧疚。

「抱歉……我不是這個意思……」JM刻意再把聲量降低：「不過……要是我背棄了朋友的話，我……一定會後悔得不得了……」

莎芙倫知道這兒的戲碼演得差不多了，也是自己一顯身手的時候。她挑起眉毛，斜眼盯著JM，一面則注意著旁邊的朱妮是否已看到自己的表情。就這樣直到聚會結束，莎芙倫維持著她的鄙視眼神，而JM也沒有再發言。

接著是茶點的時間，莎芙倫的正場現在才要上演。

「你是朱妮吧？」莎芙倫趁著自由時間，抓住展開話題的機會：「你還好嗎？」

朱妮的眼睛還紅著，她只是勉強擠出了一個笑容。

「剛才那個男生說的話真過份呢。」莎芙倫拿了茶壺在她的杯中加了紅茶：「說甚麼後悔了，我們不都是因為太傷心承受不了，才要互相幫助嗎？」

莎芙倫用上最誠懇的態度背誦著她一早準備好的對白。好警察壞警察就是JM的手段，雖然已經是老掉牙的策略，不過卻十分奏效。

「我真的不是背棄了菲妮斯，」朱妮再次解釋：「我不過以為是甚麼占卜遊戲之類，誰又會想到流行的迷信最後會變成這樣呢？」

「是甚麼占卜了，」莎芙倫故作隨意：「很流行的嗎？」

「不過是個普通的傳說，血腥瑪麗你有聽過吧？」

賓果！果然和血腥瑪麗有關，莎芙倫興奮地在內心高呼著，不過表面上她還得裝成一副毫不在意的樣子。

「原來是血腥瑪麗啊，」莎芙倫的眼神流露著嚮往：「我有聽過啊，偷偷告訴你，我之前也有試過，不過甚麼也沒發生呢。這麼說，你的朋友真的成功召喚出來嗎？」

「這個我可不清楚，不過我們班上很流行，聽說是有特別的召喚方法。」朱妮盡量回憶：「但詳細我沒留意過，我從來也不相信甚麼占卜星相。」

占卜星相嗎，莎芙倫剛好認識一個對占卜星相相當狂熱的人，而且她還跟柯爾曼同班，也就是說，她很有可能知道她們班上熱門的傳說。

賈斯敏的身影清晰地浮現在莎芙倫的腦海之中。

柯芬園是個很好逛的區域，這兒特色小店林立，而且還有大型市集，但最重要還是地點便利，這兒離莎芙倫的大學很近，所以她偶爾也會來喝杯咖啡、逛逛商店來趟尋寶之旅。

不過今天不一樣，莎芙倫並不是獨個兒前來閒逛，和她同行的還有賈斯敏，而且也有明確的目標，就是那家占卜星相用品專賣店。這兒的商品非常齊全，各種水晶、占卜卡牌、星座首飾、香草蠟燭，包羅萬有，賈斯敏一定會喜歡這家店，也容易打開都市傳說相關的話題。

莎芙倫隨手拿起面前一本關於占卜的書籍，不過她真正注意的，可是隔鄰貨架那邊，賈斯敏的行動。賈斯敏就在陳列蠟燭的貨架前看得非常入神，莎芙倫還見她的右手動起來，正要伸手去拿起某個蠟燭。

「這不是隔壁班的梅爾？」

在賈斯敏身旁出現了兩個女生，她們也是穿著紅色的制服毛衣，是都會女子學校的學生。

「她又要買蠟燭啊？這次她要詛咒誰了？」

「別說啦，都出人命了。」

「不要這樣盯著我們，我們可是沒對你做過那種事的啊。」

「算吧，別買了，我們快點走吧。」

那些對話莎芙倫都聽得清清楚楚，關於她們說的那種事，莎芙倫腦海中只聯想到一種事情。隨著兩個女孩落荒而逃，莎芙倫亦立即上前來到賈斯敏旁邊。

「你還好嗎？」莎芙倫伸了手想要摟住仍然呆立原地的賈斯敏。

「沒甚麼。」賈斯敏卻搖搖頭，遠離了莎芙倫的擁抱。

「剛才發生甚麼事了？她們是你的同學嗎？」

「沒有事，我不認識她們的。」

賈斯敏的目光一直下降至地面，雙手也不其然地環抱著自己腰間。

「不打緊，」莎芙倫知道現在也不是追問甚麼的時候：「我們也回去吧，你剛才不是想買蠟燭嗎？選好了沒有？」

賈斯敏卻只是咬著唇，不發一言。她的沉默讓莎芙倫也擔心起來。

「要不然我們一起選吧，」莎芙倫拉起賈斯敏的手，她的皮膚傳來一陣冰冷：「你打算買大一點的還是像這種小小的？」

「對了，說到蠟燭的話，聽說現在又流行起來呢，就是那個叫作血腥瑪麗的傳說。」

賈斯敏一直不說話，莎芙倫只好不斷找尋話題來維持氣氛，卻不自覺地提到了這個她一直想說的話題。

「聽說在黑暗的房間裡點起蠟燭，再對著鏡子喊她的名字就可以召喚到啊，不如我也買個蠟燭來試試吧。」

「為甚麼？」賈斯敏眼神空洞：「你要召喚血腥瑪麗啊，為甚麼？」

「聽說可以實現願望，不是嗎？」

「離我遠一點。」賈斯敏突然甩開莎芙倫的手：「這就是你的真正目的吧。結果你裝成我的朋友，還不是為了血腥瑪麗？所以那天在我家，你就打算打開我的抽屜啊。」

「不是這樣的——」

「你還想狡辯嗎？我可是親眼看到的啊。」賈斯敏揚著眉，緊緊盯著莎芙倫：「我不想再跟你講話，你別再出現在我面前。」

賈斯敏丟下這句話便轉身離開，留下莎芙倫獨個兒在店內，手上還拿著她打算送給賈斯敏的蠟燭。

這個下午，JM家中的客廳，也就是他接受委託時用到的會客室，竟然久違地熱鬧。

「就是那樣，我一提到血腥瑪麗，賈斯敏就臉色大變，還說要跟我斷絕聯絡。」莎芙倫滔滔不絕地說：「她的反應絕對異常，再加上店中遇到那兩個女生所說的話，我又怎能不擔心呢，所以我就找貝絲談談。」

「對了，還沒給你介紹。」莎芙倫稍微轉向座在她身旁穿紅色制服外套的女孩：「她是貝絲，是賈斯敏同父異母的妹妹。」

JM看著眼前這個嬌小的女孩，她的紅髮整齊地編成三股辮放在左肩，那張圓臉蛋不難令人聯想到她笑起來應該相當可愛，不過JM並不是在想像她的笑容，而是這個叫貝絲的女孩讓JM有一種說不上來的違和感，可是在他的視力之下卻無異樣，貝絲看來和普通女孩完全一樣，JM並沒有察覺到她身上有任何不尋常。

「你好，我是貝絲。」貝絲禮貌地向JM點頭打招呼。

「怎料一談上來，貝絲竟然就……」莎芙倫緊接說：「不對，貝絲，還是由你親自說明吧。」

「那麼我從頭說起吧，」貝絲點點頭，便凝重地看著JM：「莎芙倫找我，跟我說了她和賈斯敏在店裡發生的事，還提到賈斯敏或者在學校中受到欺凌。其實我想來，也的確有這個可能。」

「甚麼事情讓你有這個想法呢？」

「怎麼說呢，本來賈斯敏就比較內向，但最近她比以往更加沉默寡言，每天一放學就立即回家然後躲在房間裡，完全不跟別人說話，就像在躲避甚麼似的。一直到莎芙倫和她成為了朋友，她才好了一點，怎料現在又……」

「這是甚麼時候開始的事了？」

「讓我想想……」貝絲的圓眼睛一轉：「要說實際是那一天開始的話，我也不太肯定，但我想這是在爸爸離世後的事。」

「會不會正是因為你們的家庭狀況有所改變，才導致她的行為不太一樣了？」

「JM，你別一直問問題嘛，」莎芙倫禁不住插話：「都還沒說到重點，你讓貝絲說下去嘛。」

JM有點無奈，他索性不說話，整個人靠到皮沙發的椅背上。

「嗯，那我馬上跳到重點吧。」貝絲嚥了口水，才繼續說：「其實在事件發生前，我有聽到賈斯敏和某個人通電話，我聽到賈斯敏稱呼電話裡的人為柯爾曼。」

「菲妮絲·柯爾曼？」這個名字又讓JM再次離開椅背，還把身體傾得比剛才更前。

「不是說先讓她說完嗎？」莎芙倫皺起眉頭：「貝絲，繼續說吧。」

「我不肯定是不是菲妮絲．柯爾曼，畢竟賈斯敏並沒有提起過全名，不過我猜，應該是她了。」貝絲說得很慢，頓了一下才繼續：「而且，我有聽她提到過血腥瑪麗這個詞語。」

「她是在甚麼情況下提起血腥瑪麗的？」JM還是忍不住提出疑問，沒有理會一直盯著他的莎芙倫。

「我沒有聽到，賈斯敏是在自己的房間裡通電話的，隔著牆壁，我只是聽到一些關鍵字。」貝絲說：「唯一一個完整聽到的句子，是賈斯敏突然大喊說：『我不知道，一切都是他說的，你當然不用相信我，但總會相信他吧。』」

「這件事，我一直也沒跟其他人說過。」貝絲抬起頭，鄭重地向JM聲明：「我怕會影響到賈斯敏，已經一大堆人誤會她了。不過莎芙倫不一樣，我知道莎芙倫是真心幫助她的。」

「男性的他呢，這個他，是指誰呢？」

「這不是很明顯嗎？」莎芙倫馬上說：「那是她們二人都認識，而菲妮絲．柯爾曼一定會相信他的男人，不就是他們的班導師凱文．布列特嗎？」

「這就是你的結論了？」JM凝視著莎芙倫：「所以你們就這麼著急來找我？」

「不是嗎？而且班上有欺凌事件，布列特肯定知道吧，但他卻甚麼都沒說，事件發生到現在，連半點都沒提起過，不是太可疑嗎？」

「嗯，我明白了。」JM點點頭：「貝絲是嗎？我會和凱文談談，看看他到底知道些甚麼的。」

「謝謝你，那就拜託了。」貝絲還站了起來，恭恭敬敬地對JM行了禮。

「慢著，還有一件事。」JM卻突然想起了甚麼：「貝絲是暱稱吧，你的名字，是叫伊莉莎白嗎？」

「是的，甚麼事了？」

JM眨眨眼，他終於找到一直讓他感覺不對的原因。

夜已深，整所房子都幽幽暗暗，連一盞夜燈也沒有亮起，就只有窗外街燈微黃的光，勾劃出窗旁皮沙發和小圓桌的輪廓。

睡房沒有絲毫動靜，門縫底也沒有光滲出來，莎芙倫應該早已睡得很酣，JM這才倚

在窗旁，擦亮手中的打火機點起唇上的香煙。

這兒是二樓，從這兒看下去的高度也才不過三米多，如果用心一點，可能就連路邊車頂上有沒有積著灰塵也能看見，不過這已是JM的極限，單是站在這個窗戶旁邊，他已經看到底下那個漆黑的旋渦，聽到來自深淵的低語，全身上下也感受到黑暗中那股無可抗拒的引力。

尼古丁可以影響腦神經，不單促進思考，也可以舒緩這些症狀，甚至比藥物更為有效。JM使勁地把這種煙草燃燒時釋放的物質吸進體內，又把充滿在肺部之內的白煙一口氣呼出。

齒輪沒有正確咬合，有某個地方的違和影響了整台機械不能順暢地運轉。JM必須把這個不良的零件找出來，所以他掏出手機，按下了撥打鍵，電話沒錯是響著，卻沒有被接起，那段音樂鈴聲一直循環，然後自動轉駁至留言信箱。

「這是凱文．布列特的留言——」

JM沒讓錄音播完，也不想就對方為何不接電話而多作猜測，隨即便再次按下撥打鍵，音樂鈴聲又響了幾遍，終於在再次轉駁之前，電話被接起來。

「這麼晚了，」凱文的聲音帶著不悅：「請問有甚麼事呢？」

「抱歉，的確是有點晚了。」JM拿掉原本叼著的香煙，接下來他必須要把話說清楚：「我想跟你談談柯爾曼的事。」

「柯爾曼啊，不是已經如你所說那樣，以自殺結案了嗎？你上次要求那件事，我也已經辦了，應該沒甚麼需要再談吧。」

「正是那一件事，我已經和朱妮．葛林談過，她也透露了柯爾曼生前曾經召喚過血腥瑪麗。就是伍德海恩斯那時，瑪麗也曾經做過的事。」

「是這樣嗎？」

凱文這個毫不關心的回答，完全是JM意料之外，他不得不把所有事件重新思考一次，齒輪卡住所產生的噪音卻更加明顯。

「慢著，你不是對瑪麗仍然有一份執著嗎？」

通話還不可以在這兒完結，JM還沒找出那個不協調的來源，他甚至還沒開始進入他真正想向凱文確認的話題。

「瑪麗嘛……」凱文回應得拖拖拉拉：「關於這件事，上次跟你談過之後，我也認真地重頭想了一遍，我覺得你也說得很對，對過去太執著也並非一件好事。」

這是那個哭著質問瑪麗死亡真相的凱文嗎？這是那個即使現在也多次提及要讓兇手獲

得應有下場的凱文嗎？JM質疑著自己的耳朵，一時間沒說出話來。

「那麼就這樣吧，我也得休息了。」

「慢著，賈斯敏．梅爾的妹妹叫貝絲，她就是伊莉莎白吧。」JM完全不能掌握對話的方向，只得連忙把手中所有皇牌亮出：「她有聽過梅爾和柯爾曼之間的對話，還提到某個男性人物。」

「我不明白你為甚麼要跟我說這些，」凱文的聲調卻依然毫無起伏：「如果你有疑問的話，我想你應該找警察才對。」

JM已經再沒有對應的策略，只得任由電話間的空氣沉寂下來。

「柯爾曼的事，我想還是快點平息下來比較好。」還是話筒另一端傳來的聲音先打破困局：「都會的女孩子們，還有梅爾姊妹，就是賈斯敏和伊莉莎白……我是說貝絲，她們都需要盡快回到正常的生活之上了。」

「凱文，到底怎麼了？」JM終於忍不住，把心底的問題直接提出：「你這意思就是放棄真相了吧。」

「那你來告訴我吧，真相有甚麼意義？那些所謂真相，能為誰帶來幸福嗎？」

凱文也絕不留情，接二連三地提出問題。

「不向你認為無關痛癢的人披露真相，這不是你一直以來的主張嗎？那麼事到如今，你為甚麼還要來問我了？你認為我應該知道甚麼嗎？」

「再說，讓你知道一切所謂的事實，那又如何了？」

JM沒有提出任何答案，也完全不打算向凱文的這些問題作一點解釋。

「抱歉，我沒有任何你需要的資訊能提供給你，就這樣吧。」

電話已被匆匆掛上，然而能被強制中止的就只有那則通話，JM的思考空間可是不受限制地頓然展開。凱文的態度突然來了個大轉變，不再對瑪麗．克利福的死因有甚麼執著，無非也是兩個原因，一是他遇上了甚麼人或事，令他終於能放下這份他堅持了六年的執著；又或是，他已經找到了他想要找到的真相，而這兩個情況指向的答案，其實也是同一個。

這讓JM不得不再次考慮，現在的凱文到底是站在那一種立場之上。

「嗨，你說他們是不是已經成功了？」JM喃喃自語：「這場鬧劇過了這麼多年，是落幕的時候了嗎？」

「即使他們完成了，那你呢？」

黑暗中竟然有聲音回應。

「你自己的事，完成了嗎？」

8 復甦

今天的會面和上次不同，地點設在格雷的私人病房，原因是今天格雷不想離開他的房間。幸好那些病房和莎芙倫想像中的不太一樣，陳設簡潔乾淨，還有個大窗戶使得室內陽光充足。尼爾遜就站在窗前，他身旁還擺了個大畫架。

莎芙倫也不知道JM為甚麼這樣著急地安排了今天的探訪，她在意的依然是貝絲說的那則通話。賈斯敏到底受到甚麼欺壓呢？她是因為害怕才不能說出真相嗎？那麼賈斯敏害怕的就是她向菲妮絲．柯爾曼提到的那個他吧，這個神秘人物又是誰呢？這麼說來，莫非這個他的真正身份就是……

莎芙倫抬頭瞧著畫架前的男子，他的背影筆直，銀白色的頭髮同樣梳理整齊，拿著筆的右手則不停在畫紙之上來回，除了他身上穿著的淡藍色病人服裝，根本不會讓人聯想到他和疾病，或是精神問題有甚麼關聯。

「你們知道我要求了多少遍，他們才願意給我一個畫架嗎？」尼爾遜連頭也沒回，只

是專心在他的畫作上：「可是他們還是不願意給我像樣一點的畫具，就只有炭筆，但不要緊，單是運用灰階，還是可以表達出很多東西來。」

畫架就擺在窗前，由於背光的關係，莎芙倫只看見畫紙被塗黑的部分很多，但卻沒法一下子看清楚尼爾遜到底在畫甚麼。

「你怎麼又來了。」尼爾遜的炭筆仍在畫紙上不斷移動：「瑪麗的事，你還沒查明嗎？」

「是的，格雷老師。」JM 僅是站著，就倚在房門旁：「今天來也是有事想向你請教。」

「但我在忙，你看不見嗎？」

說甚麼在忙呢，這是經預約安排的會面，而且連莎芙倫也知道會面是必須在病人同意的情況下才能落實，當然是他親自同意的日期和時間，不過經過上次探訪，莎芙倫也大概猜到尼爾遜對 JM 就是這種態度。

「不會打擾你很久的。」JM 立即接著說：「我想問你關於凱文．布列特的事。」

「布列特？誰啊？」

「老師你別開玩笑了。」JM 的眉頭已經壓得很低：「你怎可能忘了凱文？你不是才跟他見過面不久嗎？」

「你憑甚麼認為我見過他了？」

「難道不是嗎？」

尼爾遜的筆終於停下來，但他始終沒有轉身：「細心想想，其實我也沒騙你的必要，不過你也知道嘛，我就是討厭你，根本不想回答你任何問題。」

「格雷老師，你這樣說可不對。」面對尼爾遜如此直接的嗆白，JM卻不像上次那樣把話強忍著：「如果你真的那麼討厭我，大可以拒絕我的會面要求。相反，你期待著回答我的疑問才對，不是嗎？」

「哈，你知道我為甚麼討厭你嗎？」尼爾遜一邊笑著，一邊說：「就是你這種不可一世，一副以為自己能猜透世上所有人心思的態度。」

「感謝你提醒，我會多加注意的。」可是JM的語調卻聽不出一點謙遜：「那麼我們來談談凱文吧，他是來問你瑪麗．克利福的事，對吧？」

「沒錯，」尼爾遜的筆又再次遊走著：「我通通都告訴他了。包括我和惡魔瑪麗之間的協議，連鑰匙的事也一拼告訴他了。」

「鑰匙？那東西還在嗎？」

「當然，」尼爾遜硬把對話的主導權搶回來：「我還特地提醒了他，想要達成願望，必須要小心選擇祭品，既然你心裡想的人對你如此重要，總不能隨便找個人就能把她換回

來。這也是為甚麼我選擇了我最看重的學生，就是瑪麗．克利福。」

「等等，你們的意思是布列特為了讓克利福復活，把柯爾曼當祭品了嗎？」莎芙倫忍不住提問：「這中間應該有甚麼不對吧，召喚血腥瑪麗的是柯爾曼本人，而告訴她召喚方法的是賈斯敏才對吧。」

「格雷老師，你知道賈斯敏．梅爾嗎？」JM正好順著被莎芙倫帶開的話題繼續對話，梅爾姊妹才是他一早打算要談到的話題。

「詹姆斯，你過來。」尼爾遜又再停下了筆，而且他終於轉向了房門這一邊：「你來看看我這幅畫，畫得怎樣。」

「抱歉，我對藝術沒有太深認識，亦不懂評價你的畫作。」JM仍然站在原地，並沒有應尼爾遜的要求深入房內：「我們還是談回梅爾的事吧。就是姐姐的賈斯敏，還有妹妹伊莉莎白。」

「不對，只有你有資格作出評價。」尼爾遜把雙手張開，就像要迎接JM那樣：「你看到的不就是理型世界嗎？你看我這個圓型畫得怎樣，有接近理型中的圓嗎？」

莎芙倫順勢看向尼爾遜身旁的畫架，那個怎可能是圓型了？那些不規則的曲線混亂無序，頂多只能說是一種塗鴉，勉強也可以想像是一些藤蔓植物的影子。不過越看，莎芙倫越覺得心裡有一種寒意悠然而生，那些黑色的曲線在畫紙上慢慢蠕動、扭曲，還突破了畫紙的限制向她伸延，她記得這個畫面，恐懼讓她不由自主地後退著。

「JM，」莎芙倫不得已地拉了JM：「我們回去吧，拜託。」

JM只是拍拍莎芙倫拉著自己的手以示安慰，不過他還沒有離去的意思，他要說的話，還沒有說完。

「最後一個問題，」JM高聲說：「你的女兒怎麼了？她回來了嗎？」

「我的女兒呢……」尼爾遜笑了，笑得瘋狂：「我的女兒，她到底怎麼了呢？」

尼爾遜毫無預警地一個箭步衝到二人面前，同時JM亦橫了一步，讓莎芙倫整個人藏在他背後。幸好同時行動的還有在場的職員，他們在尼爾遜作出進一步行為之前，已經拉住了他。

「我的女兒怎麼了？」尼爾遜仍然失常地大笑著：「倒是你來告訴我，我的伊莉莎白到底怎麼了。」

JM平常很少喝酒。和香煙能加速思考的效果相反，酒精只是會讓思緒更加混亂，所以比起酒精，JM還是偏好尼古丁和咖啡因。但另一方面，酒精卻能削弱人的理性和感官，也可以減輕一點愧疚和自責的負面情緒，所以今晚JM還是作出了這樣的選擇，把威士忌倒在玻璃杯中的冰塊之上。

無論是之前和凱文在電話中的對話，還是今天跟尼爾遜的會面，兩者的發展都和JM預料的情況完全不同，這正正顯出他的想法並不完全。

威士忌送進喉嚨時那種濃烈的香醇，和香煙或是咖啡都完全不同。但JM現在追求的可不是縈繞於口腔中的芳香，而是讓大腦效能減低的障礙，這點明顯是未能滿足他的需要，他才得繼續把那棕色的液體往口裡送。

「嗨，你說。」JM搖晃了玻璃杯，冰塊和杯壁碰撞產生了清脆的聲音：「我是不是猜錯了？」

「我不喜歡冷飲，」黑暗中的聲音回應他：「你怎麼不把它弄成熱的？」

「那有人這樣喝的，酒精不都蒸發了嗎？」JM凝視著冰塊反射的微光：「到底這是他設的圈套？還是我錯過了甚麼細節？」

「你終於會懷疑自己的判斷了，這不是很好嗎？」

「你說得我好像很自大似的，我何時自大了？」JM的瞳孔稍為放大了一點，同時也覺得身體對酒精的需求也高了一點，於是又再舉杯：「我的每個判斷，都是基於觀察和分析，可不是隨意得出來的。」

「問題是，」黑暗中的聲音似乎在冷笑：「你的觀察和分析，可靠嗎？」

「分析先不說，」酒杯空了，JM讓酒緩緩地流進杯中，還有木製的吧台之上：「觀察的話，那可是你的問題了，不是你給我的視力嗎？」

「嗨，別把責任推到我身上來，一切也是你自己的選擇，是你當時哀求我給你找到真相的能力的。」

「很好。是我要求的。」JM把那半滿的酒一下子倒進喉嚨，這簡直是在浪費那些美味的威士忌：「那算是我的問題好了。」

「當然是你的問題，你的資料搜集有做好嗎？你的搜查方向正確嗎？你以為那把鑰匙，到底在甚麼地方了？」

「鑰匙嗎？」JM的眼前已經一片糢糊，他只感到頭顱和眼皮的重量：「在甚麼地方了？」

他無意識地伸出手在吧台上亂摸，結果當然不會找到鑰匙，只是把他面前那只空了的

玻璃杯推到地上。

「怎麼了？」睡房的門隨玻璃碎裂聲而打開，被聲響嚇到的莎芙倫臉上帶著驚訝。

客廳中一片漆黑，只有吧臺上亮了盞小夜燈，還有地上的玻璃碎閃著絲絲光芒。

「這麼晚，你在搞甚麼了？」

那個伏在吧臺上的背影，是JM吧？莎芙倫只得走近一點確認。

果然是他，莎芙倫伸手想要拍拍JM的背：「喂，怎麼不回去房間睡啊？天氣還冷呢。」

「不！」怎料JM卻突然起來，還猛烈地推開了莎芙倫的手：「我拒絕！」

「拒絕甚麼了？」莎芙倫也被他嚇了一跳：「我不過叫你回房去睡，又不是要你的命。」

「不要。」JM的話語已是喃喃不清：「我拒絕……」

「我這是好心才提醒你，不聽就算了。」

莎芙倫決定不再理會他，轉身回房間去繼續她的睡眠。

「為甚麼？」JM又再伏在吧台上，繼續著他的夢囈。

為甚麼，荷爾斯？莎芙倫似乎聽見他這樣說。

如果說莎芙倫沒有一點兒擔心的話，那肯定是不對的。

對上一次看到她那位奇怪的室友已經是幾天前，那個玻璃杯碎裂的晚上。當時莎芙倫在翌日起床時，客廳已經被收拾好，雖然人不在，莎芙倫也不以為然。沒想到這樣一轉眼就幾天，書房門沒打開過，除了偶爾會滲出香煙的味道讓莎芙倫相信房中仍有人生存之外，實在不知道他到底在幹甚麼。

也就是說，關於賈斯敏的事情，自從當日跟JM再次和尼爾遜．格雷見面之後就毫無進展。令莎芙倫擔心的對象還有賈斯敏，她深知道絕不能看輕校園欺凌，雖然暫時她手上仍未有甚麼實際證據證實菲妮絲．柯爾曼是個欺凌者，不過莎芙倫始終認為自己總得為賈斯敏做點甚麼。

但到底應該怎樣幫賈斯敏呢？莎芙倫並沒有具體的想法，她以為接下來JM一定有計劃，結果他躲了在房內，幾天沒露過面。

莎芙倫等不下去，她決定採取行動，就是敲響那扇緊閉的深棕色木門。

「JM，我知道你在裡面的。」

莎芙倫知道JM不會這樣輕易就打開門，所以她持續著叩門的動作，還伴著呼喊聲。

過了幾分鐘，終於有動靜，卻不是來自門後，而是她口袋裡的手機。

「保持安靜！別煩我！」手機屏幕彈出了新收到的訊息。

「那就是說你在裡面吧！」訊息不單沒有令莎芙倫安靜下來，更加劇了她要讓JM開門的執念：「那你為甚麼不直接開門？我有話要跟你說。」

不過在那條短訊後就沒有其他反應，無論莎芙倫叩門聲有多大，或是喊叫得多頻密，那扇木門還是紋風不動。莎芙倫忽然想到，還有一個方法，一定能讓門打開。

「伊格尼斯！」莎芙倫大喊著那個曾經出現在這兒的神秘男子的名號。

果然有效，門鎖打開的聲音隨即響起，不過門並沒有像之前那樣自動打開，而是只被拉開了一點，JM的臉也出現在門縫之後。

「你到底在吵甚麼了。」JM的頭髮亂作一團，眼圈的顏色深得很，就像幾天沒睡過的樣子：「不是說好不可以在對方睡覺時發出噪音嗎？你就不會尊重合約精神嗎？」

莎芙倫本來是打算趁JM打開門的時候窺探一下他躲在裡面幹甚麼，不過門後不但昏昏暗暗，而且煙霧瀰漫，更有種嗆鼻的氣味，除了平常也有的香煙味道之外，更像是有甚麼東西燒焦似的，莎芙倫不得不伸手掩住鼻子。

「你這是在睡覺嗎？怎麼看也不見得你在睡覺吧。」莎芙倫見機不可失，便一下子把所有要說的話都說出來：「你到底躲在這兒幹甚麼了？不是還要調查柯爾曼的死因嗎？還有賈斯敏的事，難得有了貝絲的線索，校園欺凌是嚴重問題，我們是絕不可以視而不見的，怎麼說也要想想辦法幫助她啊。」

「那真是抱歉了，我沒有辦法幫助她。」

「怎麼會？他們不是提過一個男子嗎？要是查出這個人的身份，柯爾曼的死就能真相大白了吧。」

「我不是早說過我對柯爾曼的死沒有興趣嗎？」JM還打了個呵欠：「你要查的，就自己繼續查吧。」

「又是沒有興趣，又叫我自己找嗎？」莎芙倫高聲抗議：「你要我幫忙時明明都不是這樣說的。你當這件事和艾莎的鏡子一樣嗎？這可是人命耶，還有個被欺壓、求助無門的女孩等著我們伸出援手耶！」

「對了，那女人的鏡子。」JM揉了揉眼：「那也算是一個委託，那我來負責找鏡子，你就調查你想調查的女生欺凌事件吧。分工合作，懂了嗎？」

「甚麼？」莎芙倫氣得雙眼直瞪，JM到底在說甚麼混帳話了？她連要從那一點開始反駁也弄不清楚。

「還有，如果你不知道那些詞語代表甚麼，就不要亂喊出口，不然發生了甚麼後果的

話，我可不負責的。」

一如所料地，房門就這樣重重關上。

As Usual供應的這款伯爵茶，除了佛手柑的香氣之外，還額外多了一份清新的花香。

「因為茶葉中兑入了藍矢車菊，所以被稱為藍伯爵呢。」

原來是藍矢車菊嗎？莎芙倫聽了亞佛烈德的解說，更覺得這杯茶和他實在相襯，藍矢車菊是優雅和堅強的象徵，剛好亞佛烈德今天的袖口扣子的顏色，也是矢車菊的藍。

「好吧，你特地約我出來到底是甚麼事呢？」亞佛烈德拿起他的藍伯爵，喝了一口：

「不是為了研究紅茶吧。」

亞佛烈德的微笑總能讓人感到誠懇可靠，跟莎芙倫那位行為怪異的室友完全相反。莎芙倫覺得亞佛烈德不單是一個良好的傾聽者，更加是一個能幫她解決疑難的協助者，而且在這兩點之上，還有一個更大的原因，讓莎芙倫決定要把煩惱向亞佛烈德傾訴。

「安傑爾先生，我還是搞不懂我應該如何面對家中那個怪人。」

「到底怎麼了?」亞佛烈德笑了笑:「路爾斯的方法不奏效嗎?」

「沒錯是有效了,」莎芙倫嘆了口氣:「可是我今天要談的是更嚴重的問題,不是路爾斯的方法可以解決的。」

莎芙倫正是為了不讓路爾斯打岔話題,才特意約亞佛烈德單對單見面。

「到底是甚麼事了?」聽到莎芙倫用上嚴重這個詞語,亞佛烈德也收起了笑容。

「其實是JM,」莎芙倫不斷用茶匙搗著她面前那杯紅茶內的檸檬片:「他就一直躲在房裡,要頹廢要了好幾天,賈斯敏的事情又放著不管,我去追問他,他卻說他不再調查這件事了。」

「原來是這樣嗎?」亞佛烈德這才回復輕鬆的表情:「請放心好了,他不是那種半途而廢的人,相反,他對真相其實是異常執著的呢。」

「可是那是他自己親口說不再調查的啊。」

「這麼說的話,」亞佛烈德悠然自得地說:「也許是他已經掌握了某些關鍵線索,那就不需要再調查了。」

「真的嗎?他可是連房門也沒踏出半步耶,他會掌握到甚麼線索了。」

「但他是JM,我們根本不可能完全知道他有多少獲得消息的渠道,不是嗎?」

的確莎芙倫也無法否認亞佛烈德的話，關於JM的情報來源，還有他老是躲著的那間書房，莎芙倫也有很深疑問。

「安傑爾先生，我還有一件事很想問的。」

說到這個話題就正好了，這是莎芙倫一直想向亞佛烈德確認的事。

「上次我把JM的調查報告帶來時，你問過當中有沒有包括其他自殺案的事情，」莎芙倫直視著亞佛烈德的眼睛：「你所指的案件，跟雪樂爾．荷姆斯這個名字有關嗎？」

亞佛烈德的臉色隨即一沉：「是JM告訴你的？」

「該怎麼說呢？」

要是向一般人說明的話，莎芙倫根本就不知該如何解釋，但現在她面前的是亞佛烈德，他一定能夠明白莎芙倫的經歷。

「其實是我在JM的書房內遇見那位伊格尼斯時，在腦中看到一些莫名奇妙的影像，」莎芙倫決定毫不隱瞞：「有個男孩似乎正接受審問，警察追問的，是一個叫雪樂爾．荷姆斯的女孩的死因。」

「這樣嗎……」亞佛烈德低了頭，思考了好一會兒才說：「既然這樣，我也不想你作出過多揣測，我把我知道的事實，告訴你好了。」

「八年前的五月四日傍晚，一名女學生於她就讀的伍德海恩斯學院範圍內的學生宿舍天台墮下身亡，她正是雪樂爾・荷姆斯。警方很快接報到場，並於天台發現纏鬥痕跡，於是以兇殺案方向展開調查，並逮捕了當時同在現場的十六歲男學生。」

「這個嫌疑犯就是JM嗎？」莎芙倫急不及待地問。

「那個纏鬥痕跡可不是唯一令警方判斷為兇殺案的疑點，」亞佛烈德並沒有就莎芙倫的問題作出回應，反而繼續說：「還有其他學生作證這兩人之間相處不和，但更有力的是在死者手帳中發現的一張便條。」

「上面寫著：『如果你的聰明足以使我遭到毀滅，請放心好了，你我將同歸於盡。』，還附了下款簽名。」

「這麼明目張膽啊？」莎芙倫頓了一下，才又說：「不過想起來，這也像他的作風。他就是嘴巴不饒人，老愛挑起事端啊。」

亞佛烈德仍舊不置可否，繼續著他要說的話：「筆跡鑑定的結果也相符。」

「那後來呢？」莎芙倫接著又問：「他脫身了對吧，他是如何脫身的？」

「那些都只是間接證據，」亞佛烈德眨了眨眼，表情看上去更為認真：「警方最後還是找不到直接證據，最後並沒有就雪樂爾・荷姆斯的死，向任何人提出檢控。」

「但事實呢？」莎芙倫雙眼睜得渾圓：「事實上她是自殺的嗎？」

「作為JM的朋友，我相信他。」亞佛烈德也直接回答：「不過這是我的個人看法而已，所以，重點是你的想法。」

「你相信他嗎？」

9 把戲

咚咚的叩門聲響起，觸動了莎芙倫的神經。她住在這個房間已經好一段日子，在她的記憶中，房門可不曾被叩響過。帶著疑惑的她拉開了房門，那位奇怪的室友就在門外。

「嗨，莎芙倫，有件事我一定要跟你說，你不是跟梅爾鬧翻了嗎？而且柯爾曼的命案也沒有解決吧，我剛剛終於找到解決這些問題的關鍵了。」

JM看來回復正常了，他終於穿回他平日老是穿著的黑襯衣，瀏海當然也整理好，眼圈也消退了。不過他這個雀躍過頭的樣子，能算是正常嗎？

「是甚麼？」

不過這個發言果然夠爆炸性，本來已打算就寢的莎芙倫也睡意全消。

「聽好，關於你之前在案發現場聽到的笑聲，還有那些鬼火，我查出來了，是一個叫作血心後院的傳說。相傳十七世紀，有個貴族女子被發現伏屍在格維街後面一座鵝卵石院子之中，胸膛被剖開，心臟拋在地上，還在一直跳動，一模一樣對吧？」

「慢著，你不是說不查柯爾曼的事了嗎？」莎芙倫故意調侃說：「我看你這幾天都躲在房間裡，原來還有進行調查嗎？」

果然如亞佛烈德所說，JM真的掌握到關鍵。不過莎芙倫這次學乖了，她怎樣也要裝著，不可以讓JM知道她私底下去和亞佛烈德討論他的事情。

「那個傳說還有後續的，相傳那個貴族女子和惡魔定了契約，實現了讓她丈夫在官場名利雙收的願望，而她的下場，則是惡魔來收取報酬所致。」JM沒打算回答莎芙倫的話，只是繼續著他的話題：「除了死狀，還有實現願望這一點，都和現在的事件對得上啊。」

「好吧，那如果是惡魔作祟，那我們該怎麼辦了？」

「這不是一個最好的理由，讓你再和梅爾說話嗎？」JM說得眉飛色舞：「梅爾一到放學時間就會立即回家，要是你在學校門外等她，她也就躲不了你。然後你把這個傳說告訴她，請她跟你一起到血心後院看看，說不定就有甚麼新線索，而且格維街就在都會女子學校附近，走路也不用二十分鐘。」

「去那兒幹甚麼了？」莎芙倫傻了眼：「不會真的有惡魔出現吧？」

「你還不明白嗎？」JM一手搭在莎芙倫的肩膊上：「這主要是為了製造機會讓你和梅爾和好如初，放心，我會安排一些小巧合幫你一把的。而且這個傳說和事件也實在有太多相似的地方，作為目擊證人的你，還有當時在場的梅爾，我覺得你們二人有需要親身去看看。」

「是這樣嗎……？」

「當然了，」JM抓著莎芙倫肩膊的手十分有力：「明天就跟梅爾去看看吧。」

這就是為甚麼莎芙倫在這兒了。眺望著那座深棕色的建築物，樓高四層，頂部漆上顯眼的校徽，還有校名都會女子學校，莎芙倫心中還是難免失望，她本來還以為JM要把全部的真相告訴她，結果原來只是找機會和賈斯敏說話嗎？事情不是已經水落石出了嗎？不過另一邊廂，消除賈斯敏的誤解也是莎芙倫必定要做的事，她始終珍惜賈斯敏這個朋友，可不能讓這段友誼不明不白地流逝，才姑且答應採用JM的計劃。

莎芙倫心中還是忐忑不安，幸好這種焦躁並沒有維持很久，轉瞬已到了放學時間，莎芙倫也在那片紅色的人潮中找到她的目標對象，身材高大的紅髮女生，依然是低著頭、弓著背，就像逃走似的步速，都讓莎芙倫輕易在那大堆紅色制服之中捕捉到賈斯敏的身影。

「嗨，賈斯敏。」莎芙倫直接出現在賈斯敏正前方，她覺得必須要擋住賈斯敏的去路，才能取得和她對話的機會：「我是專程來找你的。」

「不是說過，我不想再跟你說話嗎？」

賈斯敏還沒說完便已打算轉身，這一切都在莎芙倫預想之中，所以早在賈斯敏逃脫之前，莎芙倫已成功再次截下她。

「慢著，你聽我說，柯爾曼的事情有進展了，你聽過血心後院的傳說嗎？」莎芙倫也是單刀直入：「開膛的女性屍體，還有一直跳動的心臟，都和柯爾曼的事情一模一樣啊。」

「這個傳說我早就聽過了，也不覺得有甚麼關係，再見。」

「還有的，」莎芙倫急急橫移一步攔下賈斯敏：「我在案發現場聽到有笑聲，還有鬼火，也和血心後院的傳說一樣啊，或許在那兒，就可以找到這些現象到底是甚麼。」

「你是說，」賈斯敏終於停下腳步，她那張稜角分明的臉上充滿疑惑：「血心後院也有笑聲和鬼火嗎？」

「是的。」莎芙倫立即回答：「聽說是那樣。」

「這不可能。」

「不去看看又怎麼知道呢？」莎芙倫見賈斯敏又再次拒絕，急得拉起她的手：「就當作是回家前散散步吧。」

「你是說現在嗎？」賈斯敏側了側頭：「就我和你？」

「對啊，現在不是大好時機嗎？」

賈斯敏看著莎芙倫那個熱切的笑容，臉上的表情也漸漸軟化下來。

「好吧，那我們現在去看看。」

賈斯敏勉強地露出一個似笑非笑的表情，不過莎芙倫也沒在意她是否笑得開懷，只要她願意同行，莎芙倫今天的目標已達成了一大半。沿途雖然經過不少地方，不過莎芙倫也不敢開口向賈斯敏搭話，就是怕一開口，賈斯敏又要改變主意，逃得遠遠。

說是血心後院，其實不過是格維街連接著的一個庭院，現在只是一片鋪了鵝卵石的空地，最有名要算是那家直接用上血心後院作名字的酒館，招牌上那顆被利刃刺穿，還在淌血的心臟十分搶眼，不過由於現在還沒到營業時間的關係，這兒靜悄悄的，遊人也就只有莎芙倫和賈斯敏二人。

「好吧，我跟你來了，結果甚麼也沒有。」賈斯敏在院子周圍繞了一圈，便說：「你到底想怎樣呢？坦白說吧。」

「沒有啊，我不過想告訴你這兒的傳說，沒其他了。」

「真的是這樣嗎？」賈斯敏冷冷地說：「那沒其他事的話，我要回去了。」

「等等，其實上次……」莎芙倫本來還想向賈斯敏解釋，不過一陣不祥的感覺截斷了她的思路：「這聲音……？」

莎芙倫突然聽到一些笑聲，斷斷續續，但聽不出是女性還是小孩。

「在那兒呢？」莎芙倫著急地把賈斯敏拉到自己身後，然後四處察看，但不要說是異樣，連半個人影都看不見。

「甚麼事了？」賈斯敏也被她那緊張的情緒影響到。

「有笑聲，在那兒傳來的？」莎芙倫忽然醒覺：「上面嗎？」

隨著莎芙倫的話，二人也下意識地一同抬頭，把視線移到高空之中，也就不能注意到身旁的環境變化。

一輛單車從兩個女孩身後的建築物駛出，或許是根本沒想過有人在院子中，騎單車的人一邊滑著手機，就打算直接駛出大街，結果就撞上正抬著頭的賈斯敏。賈斯敏整個人倒在地上，連背著的書包也飛脫了，旁邊的莎芙倫也受到牽連，重重地摔了一跤。

莎芙倫強忍著暈眩的感覺爬起來，她擔心著身旁賈斯敏的傷勢，所以即使眼前仍是一片迷糊，她仍然奮力地張開眼，卻只看到那個大意的人騎著單車遠去的場面。

「那個人……為甚麼會這樣的？」莎芙倫的腦中仍然一片混亂，對於那個不顧而去的人，她還未能想出任何合理的解釋。

就在那輛單車火速轉到大街同時，JM竟然從街角轉進來。

「嗨，莎芙倫，怎麼了？沒事嗎？」

JM看見倒在地上的二人，便立即上前。

「我還好，」莎芙倫已經坐在地上：「但賈斯敏……」

「不好，她失去意識了。」JM蹲在賈斯敏身旁，檢查著她的傷勢：「不知道有沒有骨折甚麼的，先別動她。」

JM仔細地檢查著賈斯敏的肩膊和手臂，接著又輕按了她的身體，那件紅色的呢子制服外套實在厚實，JM得解開她的外套扣子才能確保手上的觸感。

「慢著，她——」

「別多廢話，快幫忙看看她的頭部有沒有甚麼傷痕。」

聽到JM如此命令，腦中仍然混亂的莎芙倫也只得照著他的話，轉而檢查賈斯敏的頭部。幸好也沒有看到甚麼外傷，可能只是撞擊做成的休克吧。

「很好，」JM突然站起來：「應該沒甚麼大問題，我去找人幫忙。」

「站住！」莎芙倫及時大聲一喝，叫住了正要離去的JM：「這不對吧。」

「怎麼了？」

莎芙倫也站了起來走到JM旁邊，而且在她剛才的厲聲喊叫之下，賈斯敏亦已悠悠轉

醒。

「你這是在幹甚麼？」

「不是在幫你朋友檢查傷勢囉。」

「不對。」

莎芙倫一把拉出了JM藏在黑色西裝外套中的手，一面銅製的手鏡從那個口袋之中滑了出來。

「那是我的。」賈斯敏雙眼睜得渾圓，還拼了命似的爬起來立即檢了地上的鏡子。

「JM，你這到底是怎麼了？」莎芙倫放聲叫喊，連旁邊還未營業的店子之中，也有人探頭看個究竟。

「不是你想的那樣——」

「快走開！」莎芙倫不讓JM作出任何解釋，還一個箭步攔在仍坐在地上的賈斯敏前面：「離我們遠遠的！」

「女孩們，你們還好吧？」

紛爭持續著，一個制服女孩倒在地上，她的朋友為了保護她，正跟另一個男子對抗，這樣的畫面，任誰看了也不會放著不管的，人們陸續從旁邊的商店步出。

JM卻完全沒打算離開，他連一步也沒有移動，只是眨眨眼，肯定還在打著甚麼壞主意。莎芙倫知道絕不能讓他開口說話，不然他可能會作出一番詭辯，讓這些本來是打算前來幫助她和賈斯敏的人們，反過來站在他那邊。

「他是小偷！」莎芙倫必須搶在JM開口之前提出指控，而且還要有足夠份量：「他非禮我的朋友！」

這話一出，旁邊的路人立即躁動起來，更有人已經二話不說，上前制伏JM。

「不是的……」

不過此刻，JM已是百詞莫辯。

JM知道這種程度的事情還不用進拘留室，這時他只是安坐在麥斯的辦公桌前，還能隨心所欲地吸煙。

當然，一般的盜竊非禮案也用不著倫敦警察廳專門刑事部一組的麥斯米里安·柴契爾督察去調查，不過這次的涉事者們都和麥斯手上那件仍有疑問的案件相關，既然他自動請

纓，JM當然表示歡迎，現在只需要等候麥斯去弄清楚那兩個女孩到底想怎樣。

那兩個女孩到底想怎樣呢？特別是莎芙倫。

「她看穿了吧，她是一早就知道嗎？」JM呼出一口白煙，又開始了他的自言自語。

「還不是因為你太少看她了。」不知從何而來的聲音回應了JM的話。

「會嗎？我不過是想用一個最簡單的方法來解決這件事而已。」

「我早就說過，這不是簡單的敵人，你獨個兒亂衝亂撞是應付不了的。」

JM冷哼一聲：「會嗎？」

「正是這樣，你現在就觸發了一個不得了的後果。」聲音顯得輕蔑：「我勸你還是快點回去，乖乖的求她幫助你吧，不過現在這情況，她還會相信你嗎？」

「我需要求她幫忙嗎？」JM反而揚起嘴角：「我連最後答案都確定了，隨時也可以解決這件事，倒是你告訴我，她還有甚麼可以幫忙的？」

「那可別說我沒事先提醒你了，等下吃了虧我可不理你。」

「那實在是求之不得，我可是每分每秒都在想著你甚麼時候才會離開我的生活。」

「別這樣，我們是最親密的朋友，不是嗎？」

JM深深地吸了手中的香煙再緩緩吐出，等白煙散去之後，才凝視著麥斯步近。

「沒事了，她們說是誤會，撤銷了提告。」麥斯一來便說：「不過那個賈斯敏．梅爾還是一樣甚麼也沒說，對了JM，你還在調查柯爾曼的事件吧？」

「那麼莎芙倫．許呢？」JM揚起眉毛：「她不是堅持說我非禮梅爾嗎？」

「許小姐嗎？她說她也撞到頭，看錯了。」

「很好，那我得回去了。」JM擠熄了手中的煙，才站起來。

「我得回去問問她，到底為甚麼會看見這樣的錯覺。」

莎芙倫坐在那張她仍是不習慣的床上，她實在分不清心中那種鬱悶，應該稱為不忿還是疑惑。JM到底怎麼了，不是說要製造機會讓賈斯敏和自己冰釋前嫌嗎？所以這一切都是謊話嗎？為甚麼他老是隱瞞，就不能把事情好好說清楚嗎？

莎芙倫嘆了口氣，抬頭便看見躺於床頭櫃那個厚重的文件夾，是那個自稱伊格尼斯的神秘男人給她的。

「幫助他嗎？」莎芙倫把文件夾抱在懷中：「他都不願向我說實話，我又要怎麼幫助他

呢？」

「我已經給了你所有需要知道的東西。」莎芙倫卻想起伊格尼斯的這句話。

「難道是我忽略了甚麼重點嗎？」

莎芙倫看著懷中的文件夾，她的手自然地伸向那個已經有點殘舊的封面，開始一頁一頁地翻閱起來。剪報、訪談紀錄、舊照片、手抄筆記，最後她停在寫滿不明符號的那一頁之上。一個又一個符號排列整齊，就像是一篇文章那樣，可是那些彎彎曲曲的圖形，卻和任何一個國家的文字都不相似。

「這上面應該是包含了甚麼重要資訊吧。」莎芙倫的指尖輕輕掃過微微泛黃的紙張上不明的符號：「要是我看得明白……」

暈眩的感覺再次襲來，是剛才在血心後院的碰撞所致嗎？莎芙倫伸手扶著前額，某些未知的影像卻同時流入腦海之中。

眼前是甚麼地方，廢棄貨倉之類嗎？零零落落的火舌在四周燃燒著，但所產生的光根本不足以照亮整個空間。在晃動的火光之下，莎芙倫隱約看見火舌之間有兩個身影，其中一個，正跪在地上。

「結束了，你也放棄吧。」

莎芙倫立即認出這個聲音，是JM，不過他站在火光之前，莎芙倫看到的，只是一個漆黑的背影。

對於已經跪地求饒的人，態度還需要這麼決絕嗎？莎芙倫雖然不知道發生了甚麼事，但她確實感到那個跪在地上的人，全身上下都在散發著一種哀慟。

「不對，」跪地的男人已經泣不成聲：「譚美……應該待在我身邊……她都已經回來了，她已經回來了，不是嗎？」

莎芙倫終於看到這個跪著的男人的臉，那是現在理應處身於精神病院的尼爾遜．格雷。

「你還不願意面對現實嗎？你怎不看清楚你那個所謂復活，到底製造了甚麼？」

雖然看不到表情，但莎芙倫從JM的聲音中就可以想像出他肯定是一臉不屑。

「譚美……」格雷跪在地上，蜷曲的身體因哭泣而抽搐：「你為甚麼要這樣做？」

「你的妻子確實已經死了，她需要的是安息，對一個亡靈來說，這才是最好的下場。」

「你憑甚麼這樣說？」格雷搖搖晃晃地站起，還抓住比他矮了一截的JM的衣領：「你有甚麼資格作判斷了？」

「不懂的人，是你才對。」JM奮力推開了他：「醒醒吧，格雷老師。」

「是你殺了她，是你殺了譚美！」

「她早就死了！」

「不是！她已經重新活過來了！」格雷的雙手掩著頭，放聲大呼之後，聲音卻變得顫抖：「等等……伊莉莎白呢？我的寶貝為甚麼沒有回來？又是你從中作梗嗎？」

「為甚麼？詹姆斯，我沒對你做過任何壞事，為甚麼你要破壞我的家庭？」格雷以雙手抓住JM的臂膀：「兩年前你被指控謀殺時，我還站在你這邊，也替你說了話。」

「我明白了！其實是你殺了她吧，雪樂爾．荷姆斯。兩年前的事就是你幹的，所以你才害怕，你覺得把死人復活會讓真相暴露，於是刻意破壞我的計劃，還殺了譚美。」

JM沒有說話，他只是呆立著，任由格雷狠狠地抓著他。

「伊莉莎白！」格雷猛烈搖晃著JM：「把伊莉莎白還給我！」

「就是這東西嗎？」

JM不知從何處掏出一件小物，但莎芙倫只能看到是個方型的，像是小盒子的東西，從光澤看來應該是金屬製的。

「你不需要這東西了。」

JM隨手一甩，把那個盒子丟進旁邊的火焰中，格雷伸手要阻止他時，已經太遲了。

格雷猛然推開了JM，自己則撲倒在那個火焰前面，火舌看來雖不旺盛，但瞬間已把裡面的東西吞噬殆盡。

「不！那是唯一的鑰匙……」格雷亦隨之崩潰。

「放心吧，格雷老師。」JM站在他身後，冷漠地說：「我不會讓你坐牢的，不過你需要一個地方好好冷靜，精神病院應該適合你。」

火光一瞬間完全熄滅，使莎芙倫眼前一黑，待得她的視力回復時，眼前的仍然是那些不明符號，靜靜地躺在微黃的紙張之上。

腦中不斷充斥著不屬於她的記憶和畫面，莎芙倫只感到頭部像是要炸裂那樣，劇痛中斷了她的一切思考，只得緊緊抱著懷中的文件夾，放聲尖叫並沒有舒緩她頭顱中的壓力，不過在理智全失之下，這已經是莎芙倫唯一能作出的反應。

10
盲目

她把女孩藏在身後。

面前那隻龐大的怪物對她倆張開了充滿利齒的大口，然後她才看見，這怪物真正的頭部原來藏於那張開的口之內。牠的體型比之前見過的任何一隻怪物也巨大很多，明顯地，面前的正是所有異星生物的女王。

她也立即意識到，地上滿佈那些一個個沾滿黏液的球體，正是女王產下的卵，便立即以手上的火焰噴射器對準地上那些黑色的球體，女王果然為了保護幼崽而受到牽制，任由她帶著女孩全身而退。

可是，在她離開前的最後一刻，她還是按下了火焰噴射器，燒毀了所有等待孵化的卵，讓這兒成為了一片火海。

畫面頓時停住，屏幕就一直在那片火海之中，因為莎芙倫按下了暫停鍵。讓電影播放著，只是她說服自己覺得可以讓心情比較平伏的手段，她真正的注意力並不集中於電影，

而是在大門之上，如今響起了門鎖轉動的聲音，電影就不需要繼續播放。

「你回來了，是甚麼花了你這麼長時間？」莎芙倫的視線仍停留在那個靜止的畫面：「我還以為麥斯很快便會放你了。」

「沒有辦法，」JM也只顧著掛好外套：「畢竟我被人誣告，怎麼說也得花點時間解釋清楚。」

「我問你，下午你到底想對賈斯敏幹甚麼了？」

「肯定不是非禮她吧，你懂嗎？」

「你明明知道我要問甚麼的，」莎芙倫果然被JM話中的挑釁態度激怒，甚至從沙發中站了起來：「現在玩語言遊戲，有甚麼意義了？」

「那我也告訴你，本來一切事早在下午就解決了，」JM也完全不迴避莎芙倫的眼神：「要不是你從中作梗的話。」

「解決？我們甚麼都沒有查明，凱文．布列特的事，還有欺凌的事。」莎芙倫把雙手交叉在胸前：「你倒是說說，要怎麼解決。」

「殺害菲妮絲．柯爾曼的兇手就是賈斯敏．梅爾。」JM說得非常簡潔直接：「沒有其他要說明了。」

「你說甚麼？證據呢？」

「沒有。」JM再一次斬釘截鐵地說：「我不是告訴過你這是關乎外力的事件啊，要是有那種所謂證據，我一早就交了給麥斯，也不用自己麻煩。」

「那也不可能甚麼都由你說了算，你到底發現了甚麼，倒是說說看啊。」莎芙倫說得理直氣壯：「最少你也得向我解釋清楚吧。」

「你嗎？」JM揚起嘴角，還用鼻子吭聲冷笑：「說了你也不會接受吧，我倒是不明白你為甚麼這麼固執，就死命的在維護賈斯敏．梅爾。」

「你不也是在包庇尼爾遜．格雷嗎？」莎芙倫的手直指桌上那個厚重的文件夾：「現在的事件跟伍德海恩斯案有這麼多共通點，你自己也說過是模仿案件吧，所以這次你又要包庇誰了，格雷嗎？還是布列特？」

「算了，繼續討論下去也沒意義。」

「為甚麼？」

在莎芙倫的大聲呼喊之下，才讓JM停止轉身。

「我一直也只是想幫忙而已，你卻從來沒信任過我，到底為甚麼？」莎芙倫激動得連肩膊都在微微顫抖：「難道因為我不是人類嗎？在你眼中，我不過是個雜種吧。」

「你扯到甚麼地方去了？」

「這東西，我還給你。」莎芙倫一把拿起桌上的文件夾，便往JM身上丟：「我對你實在太失望了。」

莎芙倫拋下這句說話，便頭也不回地衝出她身後的大門。

「你說啦，他這人怎麼這樣橫蠻無理。」

泰晤士河畔的晚風依然很冷，讓莎芙倫手上的啤酒一直保持冰凍。

「甚麼都不說，卻一口咬定賈斯敏是兇手，要他解釋也從來沒說清楚。」莎芙倫喝了一口啤酒，又嘮叨著：「對了，路爾斯，我有話要問你。」

「甚麼了？」

「就是下午啊，騎單車的人就是你吧！」

莎芙倫直接提出指控，把路爾斯嚇得目瞪口呆。

「別想狡辯了，我一看就認出是你。」

「我沒有想狡辯啦。」路爾斯露出小狗哀求的眼神：「是我撞倒你了，十分抱歉。」

「好吧，那你快坦白告訴我你和JM到底在搞甚麼鬼主意，我就原諒你吧。」

「沒有沒有，」路爾斯急急地揮著手：「JM只是叫我在那兒等著，他說會製造機會分散你們的注意力，然後讓我從後撞上你們，就這樣而已，他說後面的事情他自己會處理。」

「就這樣？」莎芙倫看著路爾斯，卻又不覺得他在說謊：「他叫你襲擊朋友耶，你都不多問一句就聽他的嗎？」

「不是啦，他有說目標是那個穿制服的女孩。」

「那襲擊一個陌生女孩就是可以接受的事嗎？」莎芙倫逐步進逼：「你到底怎麼了？讓安傑爾警司知道的話，他不會罵你嗎？」

「不不不，」路爾斯一聽莎芙倫提到亞佛烈德便更加著急：「他不知道的，不要跟他說。」

「我倒是不明白為甚麼你就愛跟JM混在一起，」莎芙倫的情緒本來就不冷靜，再加上她的血液中還有酒精：「你不是已經有安傑爾警司了嗎？你要是喜歡查案的話，跟他一起調查不是更好嗎？」

「你在說甚麼了？」路爾斯連忙搖頭：「不行啦，我和亞佛烈德說好，我不會問及他的工作內容，即使我問了，他也絕不會說的。」

「為甚麼你身邊老是些不說話的人？」莎芙倫埋怨著：「我看你倒也很愛說話啊，你怎麼受得了這種人的？」

「不是啦，亞佛烈德很體貼，基本上甚麼事也讓著我，不過工作是他的底線，每個人也會有自己的底線吧。」路爾斯也舉起了手中的玻璃瓶，喝了一口啤酒：「其實JM人也不壞，不過是說話比較硬。」

「這不叫說話比較硬吧？你心裡想甚麼，要做甚麼，或者為甚麼要這樣做，你都得向別人說明清楚吧，不然，老是出爾反爾，完全不按章出牌，叫其他人怎麼和你相處？」

「沒有啦，他不過是太懶而已。」路爾斯傻傻地笑了：「我猜他應該很習慣獨自行動，當然沒必要向別人解釋自己的想法了，特別像我這種笨蛋，就算他解釋了我也不明白，就乾脆相信他，依他的方法去做就好。」

「相信他？他甚麼事都一味隱瞞，這叫我怎麼相信他？」莎芙倫又狠狠地喝著酒：「特別是伍德海恩斯那件事上，我一說到那件事和現在賈斯敏她們的關係，那傢伙就發飆了，我肯定他在故意隱瞞甚麼，會是因為他想包庇那個老師嗎？」

「甚麼老師了？」

「凱文・布列特，就是賈斯敏她們的班導師。」莎芙倫解說著：「而且他和JM還一起調查過伍德凱恩斯的事件，我不是都跟你說過嗎？你怎麼忘得一乾二淨的樣子。」

「但你不是說JM一口咬定賈斯敏・梅爾是兇手嗎？」路爾斯側著頭：「既然他都這樣說了，應該就是梅爾，JM說得出口的話，他準是有十足把握。」

「但他完全沒有證據啊！」莎芙倫又怒了：「為甚麼每次都是他說了算，天知道他的腦袋裡到底在動甚麼壞主意。」

「不，慢著！」莎芙倫靈機一觸：「我知道有甚麼方法，可以知道他到底想怎樣了。有個名字，我們一直都忽略了，不是嗎？」

「伍德海恩斯案真正的第一位死者——」莎芙倫信心十足地緊握著手中的啤酒瓶：「荷姆斯。」

和莎芙倫想像中完全不同，路爾斯的睡房不單寬敞，而且還十分整潔，那張又大又闊的書桌上整整齊齊地排列了三個螢幕，鍵盤上連半點灰塵也沒有，書桌底下那個廢紙簍也

是清理乾淨，而且房間內還帶點淡淡的柑橘香氣，這和路爾斯平日那種隨隨便便的形象完全不搭調。

不過也不難理解，路爾斯是財閥家的小兒子，肯定有傭人幫他收拾房間吧。有時莎芙倫會想，為甚麼當初收留自己的不是路爾斯呢？這兒的環境肯定比那座又舊又小的老房子好得多吧，柑橘味也肯定比陳年煙草味更易讓人接受。

「嗨，莎芙倫，你看。」路爾斯坐在那張大得誇張的書桌前，看著他其中一個螢幕上跳出來那一行又一行的搜尋結果撇著嘴：「原來是我們之前一直都沒查過而已，就單用雪樂爾．荷姆斯這個名字來搜尋，已經跳出一堆結果來。」

「是嗎？」莎芙倫放下了自己的手機，湊到路爾斯的螢幕前：「有沒有照片？我想看看她是怎樣的人。」

「我看看，」路爾斯按下了第一條連結：「不單照片，連影片都有啊。」

那是影音分享網站上的一支影片，當路爾斯按下播放鍵後，便響起了小提琴弦震動所發出的旋律，孤獨的、悲傷的。影片中獨自演奏的女孩那頭如絲質披肩般的黑髮，還有身上那襲純黑連衣裙的裙襬，也隨著樂曲起伏而飄蕩，白晰而修長的手指在琴頸上飛舞著，右手的琴弓則接連地從不同角度劃出那段動人的樂章。她的雙眼閉著，僅以眉毛和雙唇的弧度來顯示著她是如此樂在其中。直到樂曲終結時響起的那片掌聲才把她從自己的世界中拉回現實，她慢慢張開了那雙烏黑明亮的眼睛，筆直的鼻樑下那片薄唇則揚起了充滿自信的笑容。

「天啊，真動聽，」莎芙倫還在享受著影片中那首樂曲的餘韻：「她就是我們找的那個荷姆斯嗎？」

路爾斯點開了影片說明：「伍德海恩斯學院，學生晚會表演：雪樂爾．荷姆斯。這還不是她嗎？」

「她果然很漂亮呢。」莎芙倫喃喃說著。

「甚麼？JM說過她漂亮嗎？」路爾斯不禁轉過頭來，疑惑地看著莎芙倫：「他會稱讚別人的嗎？」

「不是JM說啦，」莎芙倫推著路爾斯的肩膊催促他：「快點看看還有甚麼別的資訊吧。」

「還有這兒，」路爾斯又點到了另一個網站：「學界劍擊比賽三連冠？也太厲害了吧。」

莎芙倫注意到網站上的照片，的確是剛才影片中演奏小提琴的女孩，她把那頭直髮束成黑色的低馬尾，黑色的連衣裙換成了白色的劍擊服，手中的琴弓則換成了獎盃，不過那個自信的笑容倒是一樣。

「三連冠耶，」路爾斯忽然放鬆了身體，整個人都靠到椅背之上：「真厲害，她到底和JM是甚麼關係了？」

原來路爾斯還不知道嗎？莎芙倫看著路爾斯那純粹的眼神，他對JM的過去一無所知，但卻願意百分百相信這行為迥異的怪人，能夠有這種朋友，也屬在是難得，或許找天她也得問問路爾斯，他和JM之間到底有過甚麼經歷，相信一定會是一段有趣的故事。

但另一邊廂，這位小提琴高手，還有劍術冠軍，是會自殺的人嗎？莎芙倫對此感到相當疑惑。

「這兒有一個連結是私人部落格，」莎芙倫注意到畫面較下方的一個連結：「看看那個說甚麼？」

在路爾斯點開那個部落格後，莎芙倫已飛快地閱讀著上面的文字。部落格主是一個女生，她這篇文章大致是記錄了她父親過世時的一段軼事，當時她父親收到一封不明信件，便因擔心而一病不起，不過家人們直至他去世時，也無法得知這位父親擔心的到底是何事，後來幸得她一位名叫雪樂爾的同學幫助，才為她解開了她父親臨終前的謎團，讓她們一家能得知她父親過世的真相。

「這麼看來，」莎芙倫咬了咬唇：「這位荷姆斯除了漂亮，音樂造詣和身手都相當了得之外，還是個天資聰穎、樂於助人，而且深受別人歡迎的女生。」

「跟我們那個只懂擺臭臉的朋友完全不一樣呢。」路爾斯輕佻地笑著。

「那麼她為甚麼要自殺？」

「你問我也不會知道啊。」

兩人互相對望，果然，單靠互聯網，想來也無法從中得知他們想要的真相。

「或許我們可以把所有事情整合一下，看看能不能推測出甚麼頭緒吧，」莎芙倫受不了路爾斯一臉完全搞不懂狀況的神情，拿來了紙筆開始向他解釋現時他們已經掌握的線索：「首先是雪樂爾．荷姆斯，兩年之後就是布列特的同學瑪麗．克利福，還有現在的菲妮絲．柯爾曼。」

莎芙倫把她們的名字都寫在紙上，接著又説：「這三個女生都是品學兼優，都是十二班，同樣也是在學校天台墮樓身亡。」

「還有呢？」路爾斯拉開了炭酸飲料的拉環，隨意地問：「有甚麼其他證據？」

「我不清楚耶……」莎芙倫把筆抵在自己下巴：「但我想，JM應該知道些甚麼，他一口咬定賈斯敏就是兇手。」

於是，莎芙倫在三個女孩的名字上方，寫下了JM這兩個英文字母。

「然後，根據JM的說法，這兩個女孩是自殺的沒錯，」莎芙倫在三個名字之間劃了一條直線，把過去和現在劃分開：「而JM認為柯爾曼是他殺的，從他兩次大老遠跑去找尼爾遜．格雷問話這件事看來，柯爾曼和之前的事情應該有一定關聯。」

莎芙倫又畫了一條橫線聯起瑪麗和菲妮絲的名字，這條新加上的線，穿過了她剛才所畫那條用於分隔的直線。

「尼爾遜．格雷其實是殺害她的兇手吧？」路爾斯直指瑪麗．克利福的名字：「所以說，其實她也不是自殺囉。」

「嗯，說得對，」莎芙倫在下方加上了尼爾遜．格雷的名字，不過她還沒有停筆：「伍德海恩斯學院的事件中，還有一個人物需要注意，就是凱文．布列特。」

凱文的名字亦出現在尼爾遜旁邊，莎芙倫隨即又加上了兩條關係線：「他是克利福的同學和暗戀者，但另一方面，他也是柯爾曼的班導師，而且他和柯爾曼之間，也有些特別關係。」

「這麼複雜耶，」路爾斯看著紙上縱橫交錯的線條皺著眉：「我開始看不明白了。」

「還有一個關鍵字眼，血腥瑪麗。」莎芙倫在紙張最下方加上這項重點：「我們知道柯爾曼召喚過血腥瑪麗，然後格雷和克利福也召喚過，血腥瑪麗才是伍德海恩斯事件真正的主謀，是她告訴格雷殺人可以讓妻女復活，所以格雷才會殺了包括克利福在內的幾個女生。」

莎芙倫又畫了幾條向下的線，讓事件中的人物和這個重點串連起來。

「這血腥瑪麗……」路爾斯喝了一大口炭酸飲料，才慢慢地說：「這是外力吧，又是來自宇宙那些奇怪力量。」

「很有可能。」莎芙倫把筆尖移到最上方JM的名字旁，再一路往下，然後停在血腥瑪麗旁邊：「JM也有召喚過血腥瑪麗，他其實是在調查這東西到底是甚麼，還有就是他提過伍德海恩斯的女鬼。」

「血腥瑪麗不就是瑪麗一世嗎？童貞女王伊莉莎白一世的姐姐。」路爾斯忽然得意地說：「我好歹也是個歷史學生，這些我是知道的啊。」

「伊莉莎白！你這是說伊莉莎白嗎？」莎芙倫聽到路爾斯的話，興奮得高聲叫起來：「我想起來了，格雷說過他的女兒就叫伊莉莎白，而我們這兒，剛好也有一位叫伊莉莎白的女孩。」

莎芙倫在最右則，寫下了貝絲的名字。

「貝絲是賈斯敏的妹妹，卻和她長得一點也不像，還有，她們的父母全部都已經過

世，不是相當可疑嗎？」莎芙倫一邊說，一邊在格雷和貝絲的名字之間畫上虛線：「貝絲不就是伊莉莎白的暱稱嗎？萬一這個假設成立的話，那麼一切就可以串連起來，格雷和現在的事件就有了直接關係。」

「就這樣決定吧。」莎芙倫把紙和筆狠狠丟在桌面上：「我明天要去找格雷，路爾斯，拜托你送我了。」

「等一下，我怎麼覺得你這張關係圖，還欠了甚麼似的。」路爾斯撿起莎芙倫丟下的那張已經寫得滿滿的圖：「你沒有加上現在最大的嫌疑人，也就是賈斯敏．梅爾的名字啊。」

「賈斯敏是無辜的，就算她牽涉在內，她最多也只會是這兩個所謂老師的棋子。」莎芙倫動手指了尼爾遜和凱文的名字：「我們在她身上花時間也沒用，不如直搗事件核心吧。」

「搞不好一不留神問出血腥瑪麗的事，我們更加是捷足先登了。」莎芙倫得意洋洋地笑著。

•

那是一個很冷的晚上，奪去譚美和伊莉莎白的那場車禍不過是兩天前的事，她們母女倆的葬禮都還沒有舉行，我卻只知道四處買醉。我已經一無所有，連繪畫都無法拯救我的靈魂，就只有酒精，能稍稍麻醉我那已被刺激過度的痛覺神經。

我沒有印象我是如何走到那家酒館的，當然也不會注意流血心臟這麼不祥的名字，我只是聽到人們歡愉的交談，嗅到濃烈的酒氣，我就知道這兒是我要找尋的地方。

我完全想不起那間酒館的陳設，是有很多彩色的霓虹燈嗎？還是都以搖晃的燭光作照明嗎？不過這些都不重要，重點是那兒有酒，幾杯下肚，我似乎終於可以把我的注意力，從我那可憐的妻子和女兒身上，轉移到此時此地那種熱鬧的氣氛之中。

然後，我聽到，人們在談論一段關於這家酒吧的往事。

這兒原本是一座豪華的宅邸，據說當年女王曾迫令原本擁有這座宅邸的主教轉讓給當時另一位貴族，不過就在他們舉行喬遷舞會那一晚，大宅的新女主人突然失去蹤影，翌晨被發現伏屍於外面的後院，胸膛被剖開，心臟卻被擱在旁邊，仍然跳動著。

「知道那個貴族為甚麼能在短時間內獲得女王的信任，突然加官晉爵嗎？」

那個人並沒有問准我，便擅自坐在我身旁。其實我對於這些流言傳說根本沒興趣，便沒有作出回應。

「因為那是一種能實現任何願望的力量，付出相對代價，即使多麼難以達成的事，也可成真。」

我不知道這是惡魔的耳語還是天使的福音，但我記得正是這句話，讓我抬了頭看了那人，還有被放在桌上的東西。

「既然是命運，這把鑰匙，」那個人的眼中帶著明顯的笑意：「就交給你了。」

桌上的是一個金屬製的方型盒子，比手掌還小一點，上面雕刻了很多彎彎曲曲的花紋，當時醉眼矇朧的我，根本分不清那是甚麼圖案。待我清醒過來時，我已經回到那個空無一人的家中，躺在床上的我，感到外套有些東西，原來正是那個金屬盒子。

我隨手打開那個金屬盒，凝望著裡面鑲嵌的那片玻璃，反射出那雙屬於我的眼睛也正注視著我。但我隨即就發現，那並不是普通的鏡，而是通往神的道路，裡面的也絕不是我的眼睛，在另一端觀察著我的，可是真正的神，匯聚力量、真理、超越人類能理解的所有範疇，那裡就是理型世界，就是人類所追求的真善美和正義，在神的面前，這個渺小的自我根本不存在任何意義，當下只有立刻臣服在祂的威嚴之下。

祂問我，是否已為譚美和伊莉莎白的歸來，準備好代價。

「所以你就讓你的學生們自殺，使你的妻子和女兒回來嗎？」

聽到這兒，莎芙倫還是不由自主地感到激動。早晨的陽光和煦地照射在尼爾遜臉上，甚至令他的笑容看起來有溫暖的感覺，他就這樣毫不動容地訴說著這段怪異的往事，也就是他殺人的理由。

「瑪麗也沒有食言，祂取下那些女孩的鮮血之後，我的確感到，譚美已經回到我身邊，」尼爾遜邊說，邊低下頭繼續在他手中的畫簿上作畫：「可是還不夠，譚美的意識回來了，但肉身還未甦醒，我得奉上更多祭品，或者說，更優質的祭品。」

「那就是瑪麗．克利福嗎？」

「沒錯，克利福是我執教十年以來，藝術天份最高的學生。」尼爾遜沒抬頭，繼續用他手上的炭筆磨擦著畫紙：「她是我最喜愛的學生，假以時日的話必定能成為世界級的畫家。」

「你就不會感到痛心嗎？這麼有前途的女孩子。」

「那比得上我妻子嗎？還有我的女兒。」

「但犧牲了這麼多人命，你還是沒有成功吧？」莎芙倫越說越激動：「你的妻子沒有復活，不是嗎？」

「那還不是因為他了。」尼爾遜的聲線始終冷靜：「要不是他插手，要不是他那把地獄的業火，譚美也不會灰飛煙滅，現在應該已經在我身邊了。」

莎芙倫想起她腦海中的影像，尼爾遜居然稱那些微弱的火舌為地獄業火嗎？不過她也沒去細想，因為她有更重要的事需要確認。

「那麼你的女兒呢？伊莉莎白有回來嗎？」

這是她此行的主要目的，找出尼爾遜和現在事件的關連。

「伊莉莎白……」尼爾遜喃喃說著：「我的伊莉莎白，她快要回來了吧？」

「那個鑰匙呢？」莎芙倫繼續追問：「會不會有其他人拿了你說的那個盒子？然後繼續了你的計劃？」

「鑰匙？」尼爾遜慢慢抬起頭，看著窗外的遠方：「鑰匙都被他偷走了，他不單殺死了譚美，還把我的希望都搶走了。」

「你是說那東西在JM手上嗎？」莎芙倫有點驚訝，不過很快她就控制住情緒：「等等，我為甚麼要相信你了？」

「我是不會騙你的。」尼爾遜抬起頭，把目光直射進莎芙倫眼內：「瑪麗。」

「甚麼？」

「你是瑪麗的使者吧。」尼爾遜那道猛烈的視線已經退下，換回空洞的眼神：「我第一眼看見你就知道了，你們的輪廓很相似。」

然而莎芙倫卻是個華裔人士，一般人並不會覺得她的輪廓跟歐洲人相似。

「可以請你幫我，」尼爾遜一邊說，一邊撕下了他的畫作，遞給莎芙倫：「殺了詹姆斯嗎？瑪麗親口說過，詹姆斯就是關鍵，只要用他的命就夠了。譚美已經不能再回來，但伊莉莎白還有機會的，我的伊莉莎白，這麼可愛的女孩，你就不可以救救她嗎？」

莎芙倫低頭看了尼爾遜遞給她的畫紙，上面畫的是一個臉圓圓，大約十歲左右的女孩。尼爾遜的畫實在畫得太好，莎芙倫甚至覺得畫中女孩正向她微笑著那樣。

「那個滿口謊言的殺人兇手，」尼爾遜繼續說：「難道比我的女兒更值得留在這世界上嗎？」

一滴淚水飛快淌下，在尼爾遜蒼白的臉上留下一道閃亮的痕跡。

滿口謊言的殺人兇手，這真是一個精彩的形容詞。

莎芙倫不斷思考著當中的含意。然而花心思去分析一個住在精神病院的病患所說的話，又真的有意義嗎？離開這座監獄般的精神病院時，她還沒有得出任何結論。

晨霧仍然瀰漫在路上，莎芙倫找不到送她來的鐵馬，只有一輛黑色福特停在路邊，而那位車主就站在旁邊抽煙。

「為甚麼你會在這兒的？」莎芙倫問得相當不客氣：「路爾斯呢？」

「我沒告訴過你嗎？小少爺是我的監視對象，他的行蹤我還是知道的。」JM拋掉了他手中的煙蒂：「至於他為甚麼會一大早跑來這兒也太明顯，所以我就來重整一下局面，上車吧。」

「不，先說清楚你現在是想怎樣吧。」莎芙倫走近了JM，從上到下打量著他：「現在還是清早，你不是總說你的睡眠時間很重要嗎？而且我們昨晚才吵過架，像你這種目空一切的人，倒不會無緣無故要向我道歉吧，而且還要專程來到這麼遠的地方？這肯定不是來接我回去這麼簡單吧。」

JM同樣也掃視著莎芙倫，然後他的視線落到後面的精神病院之上，卻是搖了搖頭：「很好的嘗試，但很可惜，你猜錯了。我是來議和的，就是這麼簡單。」

「議和？」莎芙倫簡直不敢相信自己的耳朵：「你說的議和，是甚麼意思？」

「我們之間有些誤會吧。」JM 別過頭：「如果你願意的話，我們可以透過溝通和協商，緩和我家的緊張局勢。」

莎芙倫沒有馬上回答，她還瞇起眼睛看著 JM 的側臉，最後才勉強抑制住嘴角，拉開副駕駛座的車門。

車子沉默地行駛了幾分鐘，莎芙倫也不開口，她等著前來議和的一方先提出和談條件。

「昨晚的事，」終於等到 JM 說話，他卻完全沒瞧向莎芙倫，一副專心駕駛的樣子：「我想你是誤會了，我從來也沒認為你是異類甚麼的，我不是早就向你說過嗎？在我看來，我們都不過是同一種怪——」

JM 突然把說到嘴邊的話收回去，還改了口說：「人。」

「但你卻從沒把我當伙伴，」莎芙倫緊接著說：「你不單毫不猶豫便向我撒謊，還利用我。我們是可以好好談談的，何不從你要對賈斯敏幹甚麼說起？」

「是她手中那面鏡子，那就是禍端。」JM 的視線始終保持在路面上：「拿走那面鏡子，一切事情就會解決，這樣說就明白了吧。」

「怎可能會明白？」莎芙倫隨即反駁：「這件事不是格雷為了復活他的女兒？那麼布列

特呢？他重視的女同學被殺害，但真相卻不能大白，這不是他的復仇嗎？」

「讓你認為兩件事有關連，是我誤導了你，我為此致歉。」JM說：「不過兇手就是賈斯敏．梅爾，實情就是那樣。」

「你是說有個女學生在學校天台墜落，然後兇手就正正是當時和她一起的同學嗎？」莎芙倫繼續抗議著：「事件不可能這麼簡單的，這當中肯定有甚麼內情才對。」

JM沒有說話，他根本不能對莎芙倫這番言論作出任何評語。

「對了，血腥瑪麗呢？你不是說那是個會擾人心智的惡魔嗎？」

「也不是血腥瑪麗。」JM的語調淡然：「這次和她無關，完全是另外一種東西。」

「那是甚麼東西了？」

「本來不存在於地球上的東西，宇宙外力。」

「那好吧，你不是老說你看得見真實啊，那你到底看到甚麼，你倒是說說看啊。」

「到底要我怎麼說明？那些都不是你能理解的東西啊。」JM不斷地搖著頭：「或者這樣說吧，你知道人類的視覺是靠光線刺激視神經，再在大腦中組成影像吧。試想像某些物質，既不發光，也不反射或吸收光線，那麼人類就無法以視覺感知這些東西的存在。」

「有這樣的物質的嗎？」

「有，而且很多。」JM又說：「大部份人認為就是這樣的物質填滿了整個宇宙，所以具體一點來說，你就當成我看到的就是這些東西吧。」

「當成？」莎芙倫不禁側起了頭，斜瞥著JM：「這都是胡扯吧，你這又是在捉弄我嗎？」

「那我沒有其他更簡單的說明了。」

「好吧，那我姑且相信你的話，」莎芙倫仍然表現得十分懷疑：「你說這些別人看不到的東西，實際上是甚麼？」

「你不會想知道的。」

「我就是想知道，才問的啊。」莎芙倫氣在心頭：「你不是說要跟我溝通嗎？現在這樣是甚麼意思。」

「我給你一句忠告，無知是一種幸運。」JM漠然地說：「這也是一直以來你的選擇啊，選擇接受你想像中的事情，拒絕面對超越預算的事實。」

「你說甚麼？」

「我不怪你，這是一種自我保護機制，每一個人也是如此。」

「那你說啊，我那兒有拒絕面對現實了？」

JM默然，他本來是打算跟莎芙倫和解的，他知道那一句話，一定不可以說出口。

「說來說去，」莎芙倫憤慨地說：「你還不是想說賈斯敏是兇手啊，但我相信她，她是我的朋友，我是百分百相信她的。」

「如果你真心當她是朋友的話，更加不應該盲目相信她。」

「那我應該盲目相信你嗎？」

莎芙倫直視著JM，以她最認真的眼神。

11 視覺

燒焦的氣味，噼啪聲由微弱漸漸轉強，還有撲面而來的燥熱感，是火焰。

突然的危機感襲來，莎芙倫立即把雙眼張至最大，微張的嘴吸了一大口氣。然而空氣中就只剩下那陣刺鼻的煙草味，眼前是那個熟悉又陌生的書房，在這沉寂的空間中，莎芙倫只聽到自己那急速的心跳聲。

「早安。」背後有人搭了莎芙倫的肩。

莎芙倫猛地回過頭，那張黝黑的臉就在她身後逼得很近，是那個自稱伊格尼斯的男人。

莎芙倫嚇一大跳，也下意識地退後一步，卻被自己絆倒，就在她失去平衡之際，卻感覺到身體突然輕飄飄的，而且還有一隻手在後面扶了她一把，使她安然地穩住重心。

「你還好嗎？」伊格尼斯卻依然筆直地站在莎芙倫面前，他的手連動都沒動一下。

「發生甚麼事了？這兒是甚麼地方？」

「如你所見，」伊格尼斯說：「這兒不就是JM的房間啊。」

莎芙倫仍未整理出眼前狀況，她不停打量著眼前的伊格尼斯，黝黑的皮膚、眼睛、頭髮，還有身上那套剪裁貼身的西服，裡面打開了三顆鈕扣的襯衣，西褲皮鞋，通通都是黑色的，就只有腰間的皮帶扣閃出金屬質感的銀光。

這個人一直自稱是JM的好友，不過莎芙倫從來都不知道他到底是誰。

「原來我還沒解釋清楚嗎？那我再說一遍好了。」伊格尼斯就像一眼看穿莎芙倫的心思，瞇起眼睛解說著：「我是主人，這兒的所有東西，這個房間，這間屋內的所有物質，都是屬於我的。」

所有物質？這個說法實在奇怪，莎芙倫聽得不明所以。

「當然，還有JM這個人。」

「你的意思是……僱主那樣嗎？」

「噢，不對。親愛的，你完全誤會了。」伊格尼斯展現出一個燦爛的笑容：「這樣吧，或者你看看窗外，應該會比較容易理解。」

伊格尼斯把手搭在仍然迷糊的莎芙倫腰間，在她身邊把她一步一步引領到窗前。然後為她拉開厚重的窗簾，推開鐵製的老舊窗框，可是窗外的風景卻讓莎芙倫本來已經一片混亂的思緒陷入更深旋渦。

儘管昏暗，但窗外空間的盡頭卻是一眼就能看見。那座牆壁凹凸不平，突出的岩石和陷進去的石隙一直從地面延伸至頂上，構成一個密閉空間。牆上的石面都佈滿水氣，隱隱反射著微光，地上同樣也是濕濡濡的，一座座像是刻意被塑造成柱形的岩石在牆前不規則地矗立著。然而莎芙倫很快便察覺到，這些可不單單只是石柱，上面還纏繞了鍊子，有甚麼東西被綁在這些柱子後面，正在掙扎似地緩緩移動。

「天啊！」莎芙倫不禁高呼起來：「那些不是人類來嗎？」

「他們被困已經很久了啊，還不快去拯救他們？」

伊格尼斯笑著，更把莎芙倫向前推了一把，莎芙倫整個人越過窗戶，掉進那個昏暗的洞穴之中。而她身後再也找不著來自書房的燈光，也沒有穿著黑西服的人，只有一團火在慢慢燃燒，那陣搖晃的紅色光芒，正是洞穴內水氣所反射的唯一光源。火在莎芙倫身後燃燒著，把她的影子投射在那座毫不平整的石牆之上，也是那堆囚禁了人們的石柱正前方。

「糟糕了！」石柱堆中央傳來了緊張的聲音：「那是甚麼？」

「天啊，這麼巨型。」另一個聲音也回應：「你看那種形狀。」

他們討論的，正是那道牆上的黑影，由於牆面不平整，那個影子也沒有準確反映出莎

芙倫的外型，而且她站的地方和石牆有著一定距離，影子淡淡的，就只像一團黑色的煙霧籠罩在牆上。

「那是象，」又一個帶著顫抖的聲音說：「這麼大肯定是一頭象。」

「沒錯，是象……你看那鼻子……是象。」

莎芙倫晃了一下手，那是她的右臂，這群人到底是怎樣了？

「我們……會被踏死嗎？」

「慢著……或者不是象……」聲音中斷斷續續地說：「看啊……變小了。」

因為莎芙倫正從後慢慢步近，她心裡是想幫助這些人的，但情況實在讓她不能理解，所以也不敢一下子靠近。

「那就是會變形的怪物了。」大哭大鬧的聲音響遍了整個密閉的洞穴：「不要！我不要，別過來！」

我怎可能是怪物？莎芙倫眉頭一皺，理不得這麼多了，她一把衝上前去，就在最近的石柱旁邊蹲下身，使勁拉扯著綑在上面的鍊子，可能是日子太久吧，那些鍊子竟然就這樣全數斷開。

「快走，」莎芙倫拉著那個剛被釋放的人的手：「我是來救你的，我們快逃出去。」

莎芙倫完全不讓那人有任何回應的空間，便已經拉著那隻瘦骨嶙峋的手轉身拼命跑。她的目標顯然易見，正是遠處那個充滿耀眼陽光的洞口，身後的人雖然跌跌撞撞，但他那有氣無力的身軀根本不足以作出任何反抗，莎芙倫硬拉著他衝出那個侷促焦躁的洞穴，來到溫暖明媚的陽光之下，微涼的風輕輕吹在他們的臉上。

「救命啊！」陽光下是個衣衫襤褸的老人，他使盡勁用他那隻白骨般的手遮蓋住自己雙眼：「好痛，我的眼睛好痛，你這是要殺死我嗎？」

「不對，你被困在那兒，我是要釋放你，還有剛才你那些同伴們。」

「夠了，讓我回去，我要死了！」老人歇斯底里地叫喊。

「慢著，外面才是……」

老人沒理會莎芙倫，奮力地從地上爬起來，一邊用雙手竭力保護自己的眼睛，一邊跑著回到了他們之前的洞穴之中。

「為甚麼……」莎芙倫跌坐在書房的木地板上，她完全不能理解那個老人的行動。

「這就是人類了。」伊格尼斯的聲音在她身邊響起：「人類總是靠著由五感收集的訊息和大腦分析的影像去判定這個世界，他們總以為眼睛所看到的，耳朵所聽到的，就是世界的全部，也不知道這些其實都是他們自己在腦內製造的倒影。不過這不就夠了嗎？真實對

人類而言，有必要去理解嗎？」

「或者，真實只會為渺小的存在帶來恐懼，」伊格尼斯又說：「無知才是最大的慈悲，是你們適合生存的童話世界。」

「不對，我不要虛假的童話！」莎芙倫慢慢站起來：「說甚麼慈悲了？你到底是誰？你憑甚麼來批判我們？」

「你有膽量去接受現實嗎？我醜話先說在前，這可不會是一種令人愉快的體驗。」

莎芙倫最後只看到伊格尼斯揮了手，她的視線便立即被一片漆黑充滿。

突然的眼前一黑，讓莎芙倫陷入到恐慌之中，為了用觸感去代替失去的視覺，她張開了手。雖然只是進過那個書房幾次，但裡面的布置莎芙倫還是知道的，她知道她剛才站的位置右邊就是書櫃，她覺得只要摸上那個金屬的櫃子，便一定能為她帶來安全感。

太好了，指尖傳來的是帶油漆面的金屬質感，這的確就是書架的位置，莎芙倫轉動了手腕的角度，好讓自己可以更實在地握上那座能作為依靠和指標的書櫃。正當她要握上書架的層板，才發現有些甚麼正依附在上面，可惜已經太遲，她的手指一合攏，那東西已在她的手心中碎裂，冰冷、脆弱，一握就破碎的東西，還流出冷冰冰的黏液，從莎芙倫的指縫中淌下。

電影中的畫面在莎芙倫腦海湧現，那個黑漆漆的產卵室中，被黏液浸淫的異生物之卵。然而她還未來得及呼叫，已感到手背上有東西正爬上來，她立即抽回了手拼命甩著，才聽到有東西掉在地上碎裂的聲音。

不單止，是更多爬行的聲音，成千上萬。

莎芙倫清楚聽到自己急促的心跳和呼吸聲，甚至感到額上冒出的汗珠有多冰冷，可是四周漆黑無光，無論她的瞳孔如何擴張，她還是無法以眼睛捕捉到任何影像。

「光源……」莎芙倫全神貫注，只為說服自己冷靜下來：「光源……先尋找光源……」

幸好光源出現了。那是書桌上點燃的一根蠟燭，光線微弱而搖晃，只夠照亮書桌上堆著的那座書山。燭光亦映照在一本打開的書上，那本書非常古舊厚重，內頁就像曾經浸泡過那樣皺巴巴，還有不少黃黃綠綠的痕垢。有一雙手在書頁內文的字裡行間慢慢移動，手指順著內容的方向往前，那是為了更仔細地看清楚上面的一字一句的動作。

坐在桌旁讀書的這個人弓著背，顯然是全副精神都傾注在那本古書之上，他並未發現桌子旁，還有椅腳上，那數之不盡的不知名生物正向他爬近。那些黑色的東西蠕動著，沿著他的手背爬上他的肩膊，從他的耳後爬到他的頸項，再鑽入他的髮絲之中，但他就似全無感覺，就只專注在他手指尖的那些文字之上。

「JM。」莎芙倫還是忍不住，呼喊了他。

但面前的JM卻是充耳不聞，他的眼睛完全沒離開過那些古老的書頁，由左至右上至下，然後來到了書本的右下角。

「嗨，JM……」

莎芙倫本來是想拍他的肩膊的，不過那個肩膊上布滿了不知名的蟲子，莎芙倫才伸了手，便又收回來。而JM則小心翼翼地把面前的古書翻了一頁，這一頁上面除了一行又一行文字之外，還有一幅手繪的插畫。

「這……」

莎芙倫定睛看著書本上的插畫，上面畫的是一面手鏡，雖然只有黑白線條無法辨清顏色，但莎芙倫知道這面鏡是青銅色的，鏡框上雕刻的蛇、惡魔，還有食屍鬼，莎芙倫都認得。莎芙倫確實看過這面鏡，就是賈斯敏手中那一面，這使她不禁好奇往書的內文看。

「就是這個了。」那個正看著書的JM忽然興奮地叫道：「女法老之鏡。」

復仇、剷除異己、鮮血祭祀……關鍵字湧入莎芙倫眼中，但她卻無法把這些字眼組織成有意義的句子，她的意識全被某種異常的觸感奪去，有些東西正在她身上鑽動，更準確說，是在皮膚底下向著她的心臟鑽動。莎芙倫想要放聲尖叫，卻發現自己的喉嚨發不出任何聲響。

「伊格尼斯！」從房間另一側響起一個聲音，正是莎芙倫自己的聲音。

原本弓著坐的JM猛地搖著頭，他憤然蓋上那本古書，站起身來往房門走。而那個早已褪色的封面上只有一行勉強能閱讀的字體——《妖蛆之秘密》。

隨著房門打開，書房的燈光亦重新亮起，莎芙倫驚訝地看著自己的雙手，剛才在皮膚底下隆起的形狀已經消失不見，地上牆上也再沒有黑色的生物蠕動，書桌旁的椅子空著，桌面也沒有堆成山的書本，就只有半枝未燒完的蠟燭擱在那兒。

「這到底是甚麼？」莎芙倫怒瞪著她身旁，穿黑西服的男子。

「真相啊，這就是真相了。」伊格尼斯繼續補充：「JM知道，而你看不到的真相。」

「JM到底在看甚麼？他知道甚麼了？」莎芙倫激動起來，一把拉了伊格尼斯的衣領：「還有，你到底是甚麼東西？」

「我解釋了這麼多，你還不明白嗎？也太笨了吧。」

伊格尼斯咧嘴一笑，莎芙倫頓時感到手心一陣灼熱，就像被火焰燃燒那樣，只得鬆開手。

「難怪他一直拒絕你。」伊格尼斯退後了一步，整理好自己的衣領：「難怪JM一直拒

絕讓你進入這個房間。」

「我直接說吧，」

伊格尼斯的面容消失了，桌上那半枝蠟燭再次點燃，把影子投映在牆上。

「我就是，你們人類的文明起源。」

他在褲袋內拿出打火機，燃亮了那根燒剩一半的蠟燭。

「好吧，鏡子……」他手中的只是一面殘舊的小圓鏡：「這樣拿在手中，然後開始默念那個名字對吧？」

他在心中想著那個名字，但下一刻又合起手掌，遮蔽了鏡面。

「真該死，我到底在幹甚麼了。」他差點就把鏡子狠狠擲下：「這麼不科學的事，我會相信嗎？」

他應該隨即就把蠟燭吹熄的，不然搖曳的火光只會再度讓他動搖。

「反正就試試，不然還有其他方法嗎？」

他又重新把手掌打開，讓燭光映照在掌中的鏡子之上。

「好吧，就試一次，大不了就甚麼也沒發生而已。」

他深深地吸了一口氣，努力地抹走腦中所有想法，讓自己專注在目前這唯一的事情上。清空思緒對他來説實在困難，他的腦袋基本上無時無刻也在轉動，不過他也有自己獨門的冷靜方法。

他拿出了一把小刀，在左腕手錶前方的位置，劃下一道足夠深的痕跡。

痛覺可以提升專注力，失血讓腦袋獲得的氧份稍為不足，也可以暫時叫頭顱中那把吵個不停的聲音靜下來。一旦決定要實行，他就必定會把成功率提升至最高，也就是要讓自己百分百相信現在的行為所帶來的意義。

「名字……名字……好吧。」疼痛有效產生作用，他終於放下批判這件事到底是否合符邏輯的執念，專心投入到他進行的這個儀式之中：「瑪麗……三次……」

「很好，」他屏住呼吸，確保自己遠離那完全清醒的狀態：「血腥瑪麗，血腥瑪麗，血腥瑪麗。」

手錶的時針分針都剛好在此時完全重疊，指向同一方向，就是正上方，他趕緊看向鏡裡，尋找著他期待的結果。鏡裡映出一片鮮紅，但卻不是他期待中那片血腥的紅，而是燃

燒中的烈焰，火海的赤紅。火焰自鏡中迸發而出，迫使他只得舉起仍淌著血的左手抵檔。

灼熱的感覺不單沒有減弱，反而是倍增，他放下手，眼前就只有一大片高聳得不見頂部的瀑布，一座由岩漿形成的大瀑布，傾瀉而下的可不是流水，而是熊熊烈火，濺起的不是水點，而是貨真價實的火花。

「這……到底是？」

「人類，」有某個聲音響起，但他根本無法分辨聲音的來源，彷彿充滿了整個空間，又像是從他心內響起：「回應你的要求，我特意現身於你面前。」

「甚麼？」他還疑惑著，高熱的環境讓他感到頭昏腦漲：「你就是血腥瑪麗？」

「你尋求的，」那聲音回應：「就是血腥瑪麗而已嗎？」

他不能回答，他心裡清楚自己要召喚血腥瑪麗的原因，但這不是能說出口的事情。

「說吧人類，你在尋求甚麼？」

他本來就為了讓腦袋停擺而在自己的手腕上劃了個缺口，持續的失血，還有讓人難以呼吸的熾熱，使他的意志就如風中殘燭一樣薄弱，那聲音一聲令下，便把他最後那丁點頑抗的力量徹底消滅。

「我在尋求真相。」他近乎無意識地吐出句子：「她死亡的真相。」

「我可以給你真相啊，不過先讓我看看你的決心吧。人類，跪下。」

血壓低下，缺氧，其實他的身體早應該支持不住，正好此時他的雙腿已然無力，一雙膝蓋重重地擊在他站著的那片高熱的岩石之上。

「為了真相，你可以付出甚麼？」

那聲音仍在耳邊，他卻瞪著眼看著左腕，錶帶和衣袖都被撕開，而原本那道劃痕則沿他的前臂迅速向上蔓延，鮮血自垂直的傷口中迸發而出，氣勢洶湧，而且無法遏止。

「等你的血流乾之後，就可以看到真相啊。」

「哼，我還以為你是甚麼東西這麼了不起。」他卻揚起了嘴角：「死亡當然是真相啊，這有誰不知道了。」

「但問題是，如何才能在現世的各種規範之中，仍能突破限制，抓緊那一絲通向真相的線索，這才有意思吧。」

「這樣嗎？那就來看看你那雙凡人的眼裡，到底能反映出怎樣的真相好了。」

突然一道火柱自熔岩的瀑布中激射而出，直接命中他的頸項，像子彈一樣貫穿他的皮膚和肌肉，進入到他的動脈血管。原本流滿一地的鮮血亦燃燒起來，他整個人就跪在火焰之中，就像是信徒對神明進行朝拜那樣。

蠟燭因燃燒殆盡而熄滅，他亦猛地張開眼睛。桌上的鏡子還在，除了有點頭痛和耳鳴之外，他並無感到甚麼異樣，左腕的衣袖完好無缺，手錶仍正正指著十二時，那道他自己劃的傷口中的血液也已經凝固。

「是幻覺嗎？」

這個念頭才在他腦內升起，他便聽到另一個回答的聲音。

「我已經滿足你的要求，今後你將可以分享我的能力，你的眼睛將會看到真實，我的奴僕也可供你使用。」

腦海中的聲音加劇了他的頭痛，他只得以雙手狠狠按著頭部。

「而這個代價很簡單，我將透過你的視力監視地球這顆行星，你的心靈和精神也歸我擁有。」

他已經聽不下去，他覺得自己已經無法再作出任何思考，只能在劇痛之中放聲尖叫。

⁝

莎芙倫全身都感到劇痛，頭顱內也有揮之不去的聲音，她只能放聲尖叫。

強烈的暈眩還有胃部劇烈翻騰已佔據了莎芙倫所有思緒，同時另一種冰冷黏糊的觸感從腰部開始纏繞著她的身體，更突然勒緊，使她完全透不過氣來。恐懼使莎芙倫雙眼和嘴巴都張得大大的，她發現纏在腰間的是一條漆黑的觸手，一邊逐步絞緊她的身體，一邊還把她提至半空之中。現在她身下的，正是一頭巨大的怪物，全身都黑得像影子般，那怪物雖然像人類那樣雙腳站立，頭部的形狀和魚類十分相似，但這還不夠，地上的景象更是加倍讓莎芙倫感到震驚。

「媽媽！」莎芙倫確實看到已過世的媽媽正倒在地上。

眼前這個畫面並不在莎芙倫的記憶之中，不過接下來會發生甚麼事，她卻是清楚不過。

果然JM出現了，他右手中拿著的，是手槍。

「不要！」莎芙倫拼盡力氣狂呼：「不要殺她！」

「幫我殺了詹姆斯！那個滿口謊言的殺人兇手。」尼爾遜的話忽然在莎芙倫腦內響起。

身體懸空再加上窒息，莎芙倫本來已經無法思考，她眼中只有母親跪在地上的影像，JM的槍口已經對準她的前額。莎芙倫的腦中閃過要阻止接下來的事這一念頭，同時她亦清楚感覺到黑影魚人正在回應她的呼喚，那些黑色的觸手就要往JM身上纏，接下來就要

把他的身體絞緊撕裂。

「這是我的想法嗎？是我使用這怪物去殺死JM的嗎？」

一瞬間，莎芙倫質疑著自己，那些黑色觸手的攻擊速度連同時間的流逝都變得異常緩慢，莎芙倫眼前的畫面，凝在JM正要扣下機板，或是觸手纏上他的前一刻。

「不行，不是這樣的！」

莎芙倫高聲呼喊的同時，她也清楚看見那些漆黑的觸手，突然像是斷了線那樣軟攤下來，不過地上卻突然冒起不知從何而來的烈火，一下子吞噬了抓住莎芙倫的黑影魚人，當然還有她的母親，和旁邊的JM，他們通通都消失在火焰形成的高牆之中。

「為甚麼會這樣的？」

莎芙倫無法接受眼前的一切，她抱著頭，瞪著雙眼，整個人蜷曲在地上，劇烈燃燒著的火焰已經把她重重包圍，雖然烈焰還沒有燒在她身上，她的皮膚已經灼熱無比，那已不單是刺痛可以形容，感覺就像隨時也會因高熱而溶解那樣。

「嗨，你怎麼了？這樣就敗陣下來了嗎？」

聲音從身後傳來，莎芙倫猛地回頭，是JM。他的手上臉上都是赤紅和焦黑的傷痕，衣服上還零星冒著沒被撲熄的火苗，雖然是這種狼狽樣，他卻仍然向莎芙倫笑著，那是個堅定強大的笑容。

「為甚麼？為甚麼你要殺了媽媽？」

莎芙倫當然沒理會眼前這個JM到底是如何出現的，她只是拉著他的手，持著手槍的右手。

「她說你會明白的，」JM跪到莎芙倫身旁的速度緩慢，但回答卻毫不猶豫：「因為你是她的女兒，她是這樣說的。」

「你說得沒錯，」眼淚一下子充滿莎芙倫的雙眼，更是不能抑止地落下：「我就是爸爸媽媽的女兒，的確是這樣。」

「嗨，你啊！」JM沒有再看著跌坐在地上的莎芙倫，而是抬起頭，向四周的火牆大呼：「這就夠了吧？遊戲到此為止，好嗎？」

「誰說這是遊戲了，我一向都是認真的。」

火中傳出了一個惱怒的回答。

「既然不是遊戲，」JM奮然站起來，還一手把四肢仍然無力的莎芙倫也從地上拉起：「那你就釋放她吧。」

「你憑甚麼跟我說條件了？人類！」

住。

火牆隨即燃燒得更高更猛烈，眼看就要燒到JM身上，卻突然因為他的一個動作而停

「很好，我就只有這一個籌碼。」JM把槍口抵在自己的太陽穴上：「沒甚麼價值，我建議你可以先回去你的北落師門偷閒一下，等著星移日轉，假以時日，總會有下一個蠢材上門讓你使喚的。」

「這真是剛好了，我也覺得她的表現很出色，我很滿意，正打算把她送回去呢。」

「這才像話嘛，」JM咬了咬牙：「克圖格亞。」

「嗨，還不起來嗎？」

是JM的聲音。

「醒醒啊，我們到了耶。」

莎芙倫仍然睡眼惺忪，卻發現車子竟然停泊在一個她完全不知道的鄉郊地方。

「這裡是甚麼地方？」這是莎芙倫心中首先出現的問題。

「哈特菲爾德。」JM只是簡短地回應。

莎芙倫定睛看著JM，雖然不見他臉上或手上有任何傷痕，但他的額頭的確冒著汗珠，疲憊的神情也十分明顯。而她自己身上雖然感覺不到任何痛楚或暈眩，但是精神卻十分散渙，也不知道是不是因為剛剛睡醒的關係。

「為甚麼我們會在這兒了？不是回家嗎？」

「我們來找你的好朋友嘛，就是梅爾。」JM說：「看你能不能說服她把那面鏡子交出來。」

「甚麼？這兒？」

莎芙倫再次看向車外確認，兩旁都是大片長滿野草的荒地，和一些零零落落的樹木，唯一的建築物就是不遠處的一所農舍，不過從牆上長滿的藤蔓植物、失修的屋頂和破爛的玻璃窗看來，也應該是廢置已久。

「你確定賈斯敏在這兒？」

JM掏出手機一瞥：「目前還在，所以別說那麼多了，趕快進去把事情解決吧。」

JM才說完便已經率先下了車，莎芙倫也只好加快動作跟上他。那條路邊至廢棄農舍的小徑上，有不少野草新折斷的痕跡，這倒是明顯得連莎芙倫也注意到。

「的確有人來過呢。」莎芙倫還是禁不住好奇心：「你是怎麼知道的？」

「為甚麼你就這麼多問題呢？」JM回答，但也沒有停下腳步：「我能從她身上拿東西，自然也可以放東西吧。」

「那麼賈斯敏為甚麼要跑到這種鄉郊地方了？」

「這個小屋，是梅爾小時候被生父趕走時曾經住過的地方。」已經來到農舍之前，JM一邊在破窗前探看，一邊說：「不過現在她為甚麼要來這兒，我就不知道了，可以交給你問問她。」

莎芙倫也像JM那樣看向破窗，不過這個早上天色晦暗，只有微弱光線射進屋內，裡面的環境非常昏暗，莎芙倫只能勉強看見那道微光之中，有不少浮塵正在飄浮。倒是大門的鎖已經壞掉，殘破的木門只是勉強懸掛著，莎芙倫還特別放輕手腳才拉開那扇門，她是怕門會隨時塌下來，還得避開木台階上的破洞，才能慢慢踏上去。

「賈——」

「慢著！」

正當莎芙倫打算進到農舍之中，卻被JM硬生生拉住。

「不好，有些不對勁。」JM把視線完全放在地上，他注視著門後方的木地板：「我先進去吧，你在這兒等著。」

「到底怎麼了？」

「地上滿是透明的黏液，這種東西我在柯爾曼的屍體附近看過，應該就是殺害她那頭異生物的殘留物。真可惡，我以為那面鏡子就只在午夜才能發揮效用，還特意選了早上才來。」

莎芙倫瞧向那些殘破的木地板，可是就只看到堆積的塵埃，還有隱約的足印，她想起JM說過那些視覺無法感知的物質，便蹲下身打算用上其他感官。

「你在犯甚麼傻了？」JM卻一把拉住她的手：「別亂碰，乖乖在外面等著吧。」

「不行，賈斯敏在裡面吧，她也可能有危險不是嗎？」莎芙倫也立即抽回了手：「而且，甚麼異生物，我倒是不怕。」

JM側著頭，直視著莎芙倫，他的嘴明顯歪向一邊，還把手伸進褲袋中掏出了香煙。

「因為我是媽媽的女兒！」莎芙倫必須搶在JM說甚麼可惡話之前開口：「是你提醒我的。」

「是嗎？」JM冷笑一聲，然後把香煙放回袋中：「那就跟好啊，小美人魚。」

不知道為甚麼，莎芙倫聽到這個暱稱時，心底裡竟然有一絲興奮。莎芙倫跟在JM身

後步進了廢屋，既然他特別提到，莎芙倫也注意著不讓自己離他太遠，也把警戒心維持在高程度，可是她始終不知道正在防範怎麼樣的敵人。

「嗨，剛才你說的異生物，」莎芙倫放輕聲線：「到底是甚麼東西？」

「一種叫作星之精的外星生物，以吸食鮮血為生。」JM亦放慢了步速，同時不停環顧四周：「一般情況下人類是看不見這種東西的，只能聽到牠們那些像是竊笑的叫聲，但當牠們吸滿血，軀體就會呈然出血液那樣的紅色，你看見的所謂鬼火，正是這東西飄浮在半空中。」

「如果看不見的話，那我應該如何——」

「噓！」JM讓莎芙倫馬上閉嘴：「是笑聲，在裡面。」

JM從懷中掏出手槍拿在手上，越過了原本應該是客廳的地方，朝裡面的通道前進，莎芙倫也不敢怠慢，緊跟在他身後。可是裡面的地板更加殘破，他們每走一步，地上都發出痛苦呻吟般的咯吱咯吱聲。

來到一扇半掩的門前，JM停下了腳步，並把手指放在唇邊示意莎芙倫不要作聲。上一刻JM還只是從門縫中探視著房間內的情況，突然他竟然把門一腳踢開，莎芙倫吃了一驚下意識閉上眼，然後是連續的三發槍響，待得莎芙倫再次張開眼時，房中已經空無一物，只剩一些灰燼和黑煙在空中飄蕩。

「小菜一碟。」JM吸了一口氣，才慢慢步入房間中：「只要在一定數量之下，就完全沒有問題了。」

「都消滅了嗎？」莎芙倫也隨他進入了房間：「但還不見賈斯敏，她在那兒呢？」

「讓我看看。」JM把手槍收起，才拿出手機：「應該在這兒附近。不然我們——」

正當JM朝莎芙倫走近，地板亦同時到了極限，木塊斷裂的聲響不斷，二人腳下懸空，直接往下掉進地板的裂口之中。幸好莎芙倫的運動神經一向不俗，她也立即反應過來把身體放鬆，保持雙膝微曲，雙手則護住頭部。幸運的是在她的雙腿接觸到地面之前，便發現地上滿佈著一些像是皮革般帶韌性的球體，雖然踏破時的觸感十分嘔心，但有這些圓滾滾的東西作緩衝，莎芙倫可以算是毫髮無損。

「天殺的！真該死！」

JM則沒有莎芙倫那麼敏捷了，他整個人坐在地上，不過從他的高聲咒罵和不斷揮動的雙手看來，他應該也沒受到太大的傷害。

這個地下空間比起廢屋更加黑暗，就只有他們頭頂上那個破洞傳來一點點的光，再加上眼睛還沒適應過來，根本不足夠讓他們好好觀察現在的環境。

「莎芙倫，我的手機丟了，」單從聲音聽來，已知道JM煩躁非常：「先拿你的出來亮個燈吧。」

在莎芙倫亮起手機燈時，JM已經站了起來，但雙手仍然不停在身上來回撥動，莎芙倫卻看不到有甚麼東西沾到他身上。

「先找回你的手機吧。」莎芙倫馬上就明白這絕不是提出任何問題的好時機，於是便主動提議說，同時也把手機照向地面。

「天啊！這到底是甚麼東西了？」

當她看到地上密密麻麻鋪滿了一些黑色的卵型物體，也不禁失聲驚呼。從她腳下那幾個已經被壓破了的外皮，看得見這些卵形物的內部就如鮮血淋漓般，赤紅一片。

「希望不是星之精寶寶吧。」JM臉上的厭惡更加明顯：「不然這個數量的話，我們也就中大獎了。」

看著JM仍然不斷甩著手，莎芙倫還是禁不住問：「你身上……沾了很多那種……黏液嗎？」

「我一定得告訴你，你的雙腳也沾得滿滿的啊，實在是非常嘔心。」JM怒氣沖沖地說：「可惡，甚麼都看不見果然輕鬆。」

莎芙倫忍不著往下瞧向自己雙腿，提起來的話的確是有種黏答答的觸感，雖然看不到甚麼異樣，但被JM這樣一說，她還真的感到胃部一陣翻滾。

「算了，快幫忙找找我的手機。」

「太多了，我根本看不到你的手機在那兒。」莎芙倫只得掩著嘴，壓抑腹中洶湧：「對了，我打電話給你好了。」

不過電話撥出還不到一秒，二人處身的空間便又再一片黑暗。

「糟了，」莎芙倫支支吾吾：「昨晚在路爾斯那兒，都忘了充電……」

空氣一陣沉默，直到火光亮起，莎芙倫才再次看到JM那張無奈的臉。

「算了，別找手機了，」JM把亮著的打火機舉起：「先找出路吧。」

莎芙倫也不好意思再說甚麼，只得順著JM的話開始四處張望，找尋能回到地面的方法。

「這兒是天然的地穴嗎？」莎芙倫看著那些凹凸不平的石壁，這令她很有既視感。

「但願如此，」JM卻說：「不過我猜九成不是，這裡就一股完全不對勁的氣氛。」

「JM，你看那邊。」莎芙倫興奮地指著前方：「剛才不是有甚麼東西發光嗎？我們去看看吧。」

說罷莎芙倫已向著她看到的光源前進，搖晃的火光緊隨在她背後，在那些不平的石牆上投射出大大小小、形狀千奇百怪的影子，不過無論那些影子如何扭曲蠕動，莎芙倫都決心不看一眼，只注重在眼前的目標，這全因為她相信有人守護在自己的後方，而且他比自己看到更多，既然他沒說一句話，那就是說，牆上的影子根本不代表甚麼。

光源已經近在眼前，莎芙倫這才發現半空中有面鏡子正在飄浮，而鏡面正泛著詭異的微光，藍綠中帶著紫色的光芒，就像極光那樣，而鏡子旁邊還有另一飄浮物。

「賈斯敏！」莎芙倫看著女孩懸浮的身體，失聲驚呼。

「趴下！」

JM的話音未落，已按著莎芙倫的肩膀使她蹲下，接連向上方開了幾槍，空無一物的半空中隨即出現了一些火苗，一轉眼便化成灰燼和黑煙消失不見。

「不行，太多了。」JM說著又向半空開了兩槍：「先撤退再說。」

「但賈斯敏——」

「現在有危險的是我們，不是她，逃吧。」

瘋狂的笑聲充滿了莎芙倫身旁，所以即使她看不見，也知道情況是如何危急，可是正當她打算轉身，卻看見JM舉起拿著火機的左手作出一個抵擋的動作，雖然他立即補上一槍，可是左手已經鮮血淋漓，打火機亦丟在地上。

「別動！」莎芙倫立即拾起打火機，並把火苗湊近到地上其中一個黑色卵型物附近：「不然我可要燒了這個東西。」

「甚麼？」

「這是看電影得來的智慧。」莎芙倫一臉認真：「先生，你的打火機能把火焰調大的嗎？」

「這是……奏效嗎？」笑聲暫時止住，JM也暫停了射擊，難以置信地說：「算了，那你快逃吧。」

「你說甚麼？」

「牠們肯定會以我為目標，」JM揚了揚仍淌著血的左手：「你趁有機會逃吧。」

「不，你肯定有其他方法的，」莎芙倫使勁搖著頭：「你可是JM，不是嗎？」

「沒有方法了。」

「鏡子呢，打碎鏡子就行吧？」

「別說了，你快逃！」JM又再向空中發了一槍，槍聲卻引起了更多怪異的笑聲：「牠們又來了，你快出去找路爾斯來幫忙。」

「不！」莎芙倫再次堅決拒絕：「你有多少子彈了？怎能撐到他來？」

「不對，你剛才不是說賈斯敏沒有生命危險嗎？那不就是說，賈斯敏的命對牠們來說，是必要的吧，那麼——」

「別說了，你不是很重視她嗎？」JM又發了幾槍，還踉蹌地退了一步：「這種事就拜託別讓我再做一次了。」

「但是——」

「快走啊，沒時間了！」

JM才轉頭向自己大吼，下一刻莎芙倫已看到他被壓下來跪在地上，右手亦像是受到打擊般，連手槍也丟了。可是莎芙倫始終看不到那些敵人，那些叫作星之精的隱形異生物，就在她仍不知所措之際，JM的身旁開始泛起微弱的紅色霧氣，更是瞬間變得濃厚，鮮紅色的胴體之上伸出那些脈動着的觸手緊緊纏著JM的右手，觸手的末端則是利爪，吸盤般的口器一張一合，不斷在吮吸著JM的血液。

這樣的鮮紅色怪物陸續現形，JM整條右臂正被一隻紅色水母般的怪物纏繞，左手則是另一隻，背上甚至還有一大一小在爭奪著大快朵頤的最佳位置。

「可惡！」

莎芙倫已沒有時間驚恐，她趕忙拾起JM的手槍連續發射，幸好目標完全不會移動，在這樣的近距離下，即使不太熟識槍械的她也能命中。但在已經現形的四隻怪物都相繼中彈而化為灰燼之後，她又再次失去了目標，只剩笑聲不斷圍繞，聽起來是那麼貪婪殘酷，更是帶著強烈的鄙視意味。

JM已經失去意識倒在地上，莎芙倫知道在她面前的，就只有一個選擇。

「對不起……」莎芙倫舉起雙手，向遠處浮在空中的賈斯敏扣下扳機。

可惜，無論是她生疏的技術，被淚水模糊的視線還是顫抖的手，都讓她無法命中目標。雖然她毫不猶豫地再次射擊，可是彈匣已經清空，再沒有第二次讓她瞄準的機會，只有無數笑聲起起落落，不斷地嘲笑已經失去所有機會的她。

「不！」

莎芙倫撲倒在地上，JM曾經不止一次幫助過她，但現在她已經無計可施了。

「別害怕，雪芙，力量早已經在你手中。」

莎芙倫彷彿聽見一個陌生的女性嗓音對她說話，她可以肯定自己從沒聽過這麼動人的聲音，而且說的更是她熟悉的粵語。

「要是你覺得軟弱的話，來吧，我們一起哼那首能鼓起勇氣的歌，好嗎？」

沉睡的旋律此刻在莎芙倫心中慢慢甦醒，她是知道那段旋律的。莎芙倫拭去了臉上絕望的淚水，隨著心中的音韻輕輕哼起那首她再次記起的歌。

那些可惡的笑聲頓時止住，莎芙倫疑惑地抬起頭來，卻看見一層幻彩色的薄膜，就像一個巨型的肥皂泡那樣，正以她為中心籠罩著附近約兩米的範圍，而外面則是那些透明的怪物，透過薄膜上的光，莎芙倫終於能看到隱形狀態之下的星之精，數之不盡像巨型水母般的怪物正無定向飄浮著，看來就像失去了目標那樣。

莎芙倫目瞪口呆，在她還沒有弄清楚目前的狀況時，卻響起了另一個聲音。

「真令人失望，想不到合你們二人之力也應付不來。」

懷中已經失去意識的JM竟然慢慢爬起來，他的膚色呈現一種毫無血色的死灰，嗓音更是完全不同。這個嗓音，莎芙倫也曾經聽過。

「你這個肥皂泡，好好維持住啊，不然你們的身體承受不了。」

莎芙倫仰視著眼前這個JM，只見他輕輕舉起右手，漆黑的半空中便亮起了無數火苗，更隨著他的手揮落而紛紛落下，在空中劃出密密麻麻的紅色軌跡，簡直就是一場由火焰編織出的流星雨，灑遍了整個洞穴，星之精盡數燃燒成灰，賈斯敏的身軀掉落地上，火焰甚至燒毀了鏡面上發出的詭異光芒，地面成了一片火海之際，整個地穴空間也像玻璃一樣碎裂、爆破。

頭上的陽光，此刻是多麼刺眼，莎芙倫只得用手遮擋。

12 決定

「不要了，我在這兒等就好。」

「你在怕甚麼，既然都來了，就進去吧。」

病房的門被粗暴打開，莎芙倫大步流星地步進房內，還硬拖著JM。

「賈斯敏，你覺得怎樣了？」莎芙倫露出了最親切的笑容。

賈斯敏是因為心血來潮，想要回去小時候住過的農舍看看，不幸遇上火災而受到輕度燒傷才住院的，大家都是這樣認為。

「今天好很多，」病床上的賈斯敏也從正閱讀的書本中抬起頭，微微一笑：「護士說我應該很快可以出院了。」

「那就好了，」莎芙倫硬把JM拉上來，和自己一起站在床邊：「你看我和JM帶了甚麼給你？」

JM聽到莎芙倫還要刻意提起自己的名字，只好別過了臉。

「是蘋果呢，」賈斯敏笑著接過那袋水果：「謝謝你。」

「還有，JM對吧？」賈斯敏特別捕捉了別著臉的JM的目光：「鏡子的事，很對不起。」

「甚麼？」JM聽到賈斯敏突然對自己說話，感到非常愕然：「你在跟我說嗎？」

「其實我最初也沒想過會發生這種事，」賈斯敏沒理他，繼續自己要說的話：「我也得承認我的想法是有點偏執，但我真的沒想到自己連出了人命之後，也只懂害怕有人知道鏡子的事情，雖然現在說來只像在找藉口，但我真的不知道為甚麼會這樣。」

「你為甚麼要跟我說這些了？」JM看著賈斯敏，又瞧了把視線往上移的莎芙倫，才說：「你們這是計劃好的嗎？難怪莎芙倫拼了命似的要我來了，很好，你們想知道甚麼？」

「別這樣說嘛，」莎芙倫撇著嘴：「賈斯敏真的感到很困擾，而且也不知道該如何解決，我才讓她找你談談。」

「對不起。」賈斯敏的聲音帶點咽哽：「但除了對不起之外，我真的不知道可以怎辦了。」

「算了，那些東西根本就會操縱人的心智，」JM說：「重要的是，你是否有過殺害她的念頭，我是說菲妮絲．柯爾曼。」

「柯爾曼呢……」賈斯敏頓了好一會兒，才低著頭繼續說：「沒錯，她是成績很好，在班上也很受歡迎，父母也愛錫她，連布列特老師也對她另眼相看，不過我沒想過要殺害她，最多也只能說是有點妒忌而已。」

JM沒能說出一句話，他自己的思緒也因賈斯敏的話而非常混亂，現在他只想抽一根煙。

「既然你從沒想過害她，那不就可以了。」莎芙倫見對話停頓，便插話說：「JM也說過那東西會影響心智，那就是說柯爾曼的死，也不能百分百說是你的責任。」

「當然也可以這樣理解，」JM卻又突然開了口：「但你心裡知道她是為了甚麼而丟了性命的，當中你需要負上多少責任，你自己必定是最清楚，然後，該用甚麼方式去彌補，也應該由你自己來決定。」

「沒錯，雖然我不知道鏡子裡會跑出這樣的怪物來，」賈斯敏咬咬唇，又深深地吸了一口氣，才說：「但我的確是騙了她，我告訴她那是召喚血腥瑪麗的方法，可以讓她實現她的願望，但結果卻……對不起……」

賈斯敏的臉上閃著淚光，莎芙倫在一旁看著JM，他也一樣沉默著。

「我決定了，」賈斯敏擠了個笑容，又用手拭去了自己臉上的淚水：「出院之後，我會找警察，把事情清清楚楚的說一遍。」

「很好。」JM為她遞上了一張面紙：「你就放心跟麥斯米里安．柴契爾警官說吧，我知

道他一定會好好地聽完你的話。」

「嗯，謝謝。」

看著賈斯敏接過JM遞上的面紙這一幕，莎芙倫只感到心底有種說不出的苦澀，不過現在可不是她說話的時候。

病房門在此時再次被打開，進來的是編著三股辮的女孩，賈斯敏同父異母的妹妹貝絲。

「兩位好，謝謝你們來探望賈斯敏。」貝絲恭恭敬敬地向JM和莎芙倫打了招呼，不過當她發現床上的賈斯敏雙眼正紅，便又說：「你們在談重要的事嗎？我有沒有打擾你們了？」

「沒有，剛好談完，我們正要離開，」JM拉起莎芙倫的手，又繼續向貝絲說：「接下來應該換你去跟你姐姐談談了。」

莎芙倫也認為該是離開的時候，便任由JM拉著她離開病房，直到乘上升降機，她才把剛剛一直忍住沒說出口的話說出來。

「你變了，」莎芙倫只瞧著升降機的地板：「跟過去不一樣了。」

「甚麼？」換JM傻了眼：「甚麼過去了？」

「不是嗎？」莎芙倫依然低著頭，完全不敢看向JM：「在格雷的事情上，你沒有讓他選擇如何去負責任吧。」

「你說他嗎？他不一樣啦……」JM頓了一下，才又喃喃地說：「那時的情況也不一樣，他們的處境和動機都不一樣……」

最後，升降機門開啟時，JM才再補充。

「當然，我的想法也有不同啦。」

「太好了，那你明白我為甚麼一直都站在賈斯敏那一方了嗎？」莎芙倫終於抬頭，JM離開升降機的背影剛好映進她的眼中。

「對啊，害我都羨慕她了。」

這個莫名其妙的回答卻使莎芙倫一愣。

「看外面的陽光多燦爛，」不過JM沒有留下讓她發呆的時間，已徑自走向醫院的大門：「我們回家去吧。」

莎芙倫微笑著，緊緊追隨著他。

來訪人士的上限雖然是三人，但今天的探訪者卻只有兩名，和莎芙倫同行的並不是JM，而是賈斯敏的班導師凱文．布列特。

尼爾遜．格雷穿著病人服坐在桌子的另一端，陽光充沛的會面場所並沒有使他的心情愉悅起來，今天可以說是莎芙倫幾次探訪中，他精神最頹靡的一次。

「我已經想清楚了，」凱文的語氣十分凝重：「關於瑪麗的事，我決定放手，不再執著是否有人要為這個不幸的事件負上責任。」

「是嗎？」尼爾遜輕佻地眨眨眼，才說：「這樣的事情，你不用特別跑來告訴我，真的需要的話，你告訴她就行。」

尼爾遜的眼神落在莎芙倫身上。

「她可以把你的決定，告訴需要知道的人吧？」

「格雷先生，」莎芙倫忍不住回應說：「即使你這樣說，我們大家都已經清楚知道發生了甚麼事，也不會再被你誤導了。」

「原來是這樣啊，」尼爾遜側著頭：「你們把那個女孩的案件查出來了吧？怎麼樣，兇手最後怎麼樣了？」

「她自首了，她是個好學生。」凱文鄭重地說：「作為她的老師，我以她為傲。」

「完滿結局呢，不是很好嗎？」和他口中的話不符，尼爾遜的臉上只是充滿不屑：「那麼，年輕的女士，我拜托你的事情，也應該有結果了吧。」

「對啊，格雷先生，我也正想告訴你，」莎芙倫把身體靠得更前：「JM是我的朋友，傷害他的事，我是不會做的。」

「哈哈，這個答覆實在太美妙了，我早就知道你會這樣說。」尼爾遜笑得十分開懷：「那麼你告訴他吧，那個悲痛的靈魂將永不安息。」

尼爾遜甚至站了起來，才繼續他的話。

「雪樂爾．荷姆斯會繼續找他算帳的。」

那頭怪物卻在白色布幕後突然出現，更直接貫穿了醫生的頭顱。她嚇得倒在地上，只能手腳並用地退到牆邊，可是那怪物仍是發現了她，更用頭湊到她的臉龐，大量黏液從怪物張開的嘴中溢出，從那張嘴中更是伸出了另一個嘴巴，正當她緊閉著雙眼準備迎接死亡時，怪物卻合上了嘴，更從天花的排氣口逃去無蹤。

「真不賴，你還有心情看這種電影啊？」

莎芙倫按下了暫停鍵，才回頭去看JM那張調侃的臉。

「有甚麼問題了，你可別忘了，最後關頭也是靠我的電影智慧才能順利解決啊。」

「是啊，」JM在客廳後方的吧台旁坐下時，咖啡已經送上：「你說甚麼就甚麼吧。」

「對了，」莎芙倫從沙發中跳起，也跑到JM旁邊坐下：「有個問題我一直想問的，就是賈斯敏那面鏡子。」

「你說女法老之鏡？」

「對啊，就是那面鏡，」莎芙倫還刻意湊近了JM才說：「那樣的東西，賈斯敏到底是如何得到的呢？回想起來，我們不是一開始就知道有一面鏡子遺失了嗎？」

「你是說樓下那個女人？」

「不是嗎？那說不定就是艾莎的鏡子啊，她也說過是她的外婆留下來，帶有魔法的鏡子。」

JM只是冷笑了一下，喝了口咖啡卻不說話。

「我說的沒錯吧？我很有當偵探的天份呢。」

就在莎芙倫睜圓著眼，期待著JM的回答時，門鈴卻響起了。

「好吧偵探小姐，」JM又揚起了嘴角：「這兒有一個很簡單的問題，不用推理技巧也可以知道答案，這件事就交給你吧，剛好我也有點餓了。」

既然JM說到，莎芙倫也沒有辦法，只好鼓了鼓腮幫便去打開大門，門後的訪客卻讓莎芙倫大感意料之外。

「嗨，莎芙倫，你最近好嗎？」正是她剛剛提起的艾莎：「對了，這是禮物。」

「禮物？」莎芙倫只好接過艾莎遞過來的硬卡盒子。

「對啊，報答你們幫我找回鏡子，M……先生說不用收錢，所以我就打算用這個來當謝禮了。」

「叫我JM就好，」原本坐在吧台旁的JM竟然也走到大門旁邊，還接過莎芙倫手中的盒子：「我可以叫你艾莎嗎？看起來非常美味呢，真是十分感謝。」

莎芙倫完全不能理解目前的狀況，看著JM那個燦爛得不像話的笑容，她只是在想這二人到底在甚麼時候變得這麼要好呢？

「你這麼快就知道了？這是我們家的秘方餡餅，如果喜歡的話，我下次再幫你們做啊。」

「光聞著已經可以肯定非常好吃了，那日後就不客氣了。」

二人談笑風生，就只有在一旁的莎芙倫傻著眼。

「好吧，不阻你們了。」艾莎還給了莎芙倫一個擁抱：「日安，遲點見啊。」

門關上之後，莎芙倫仍然疑惑地看著JM把那個盛有餡餅的盒子捧到吧檯上，更立即打開，切了一塊放進口中。

「真不錯，果然如你所說，和鄰居打好關係也是有好處的。」

「不是艾莎的鏡子嗎？你一早幫她找到了嗎？」

莎芙倫逐步走近還在吃餡餅的JM。

「那女人又不認識梅爾，你說她的鏡子怎麼可能跑到梅爾手上。」JM又切出了一塊餡餅：「她連何時拿過出來也想不起，最有可能還是自己放錯位置，而且她會用的包有二十個以上，我讓她全部重新找一遍，不就找到了。」

「那剛才你為甚麼不直接說，還要讓我瞎說出糗？」

「你是故意整我的。」莎芙倫看著JM似是強忍著笑的臉，才醒覺到：「天啊，你這個人真的很可惡，就像外頭那些烏鴉那樣，又狡猾又煩人。」

「謝謝你的嘉許，」JM已經沒辦法掩飾他的笑意：「烏鴉可是英格蘭的守護神，又威風又吉祥。」

「你可想得美，」莎芙倫裝作生氣地撇著嘴：「我才不是這個意思，在我們華人的文化中，烏鴉就是不祥之鳥，就是那種專吃腐肉的壞蛋。」

「腐肉嗎？很好。那你吃嗎？」JM 朝莎芙倫揚起他那一貫不懷好意的笑容，才把餡餅遞給她：「沒騙你，真的不錯吃。」

莎芙倫沒接下，卻想起艾莎剛才想提到 JM，卻只能以 M 先生稱呼他。

「對了，你到底叫甚麼名字？」莎芙倫眨眨眼：「我聽過格雷叫你作詹姆斯，那是你的首名吧，那麼姓氏呢？M 開頭的話，米勒？梅菲？」

「不會是麥當勞吧？」莎芙倫張大了嘴巴。

「別亂猜好不好？」JM 緊皺著眉：「都不對，我的姓氏很不好唸，那不如用縮寫就好。」

「為甚麼不能說了，我們不是好朋友嗎？」

「你還不吃的話，我就不客氣囉，這真的很好吃。」

客廳中充滿歡愉的談話聲，這才是一個愉快的下午應有的情況。

話，有機會也可以抽空垂讀，相信會更加有趣。

童話是克蘇魯神話 x 安徒生童話 x 本土傳說，而現實則是克蘇魯神話 x 都市傳說 x 基本哲學概念。都市傳說是人們口耳相傳的、未經證實的流言，哲學則是人類對未知的探求，兩者都和洛氏世界的重心——未知的恐怖非常配合，所以便選擇了這兩個元素加進克蘇魯的故事中，看看會有甚麼有趣的化學作用。結果越寫下來越是覺得很對味，在這個無盡的宇宙中，一個渺小的個體到底擔任何種角色，歷史上各位思考家也在探討這個問題，以洛氏的宇宙主義來與其他學說相比較，實在是一個相當有趣的過程。

另外就是經典作致敬方面，想不到大家都一眼看出來了，（當然啦，因為實在是一部家傳戶曉的經典名作嘛。）所以在現實這兒，我也毫不忌諱地繼續致敬了。原作中這兩位宿敵的對決場面實在太少，所以就讓我這個粉絲來自行腦補一下，再加入一些相反和假如，這就是這一連串故事的開始。

最後還是得再次謝謝各位喜歡這些故事，雖然未來還是在未知之中，但希望日後我仍然有機會，再一次向大家訴說 JM 和莎芙倫的冒險故事，無論是以何種方式。

那麼，日後見。

奇幻系 05

JM的無以名狀事件簿：可恨現實

作者　The Storyteller R
內容總監　曾玉英
責任編輯　謝鑫
書籍設計　Joyce Leung
封面設計　Elaine Chan
圖片提供　Getty Images

出版　天行者出版有限公司 Skywalker Press Ltd.
九龍觀塘鴻圖道 78 號 17 樓 A 室
電話　(852) 2793 5678
傳真　(852) 2793 5030
出版日期　2022 年 7 月初版

發行　天窗出版社有限公司 Enrich Publishing Ltd.
九龍觀塘鴻圖道 78 號 17 樓 A 室
電話　(852) 2793 5678
傳真　(852) 2793 5030
網址　www.enrichculture.com
電郵　info@enrichculture.com

承印　佳能香港有限公司
九龍紅鸞道 18 號中國人壽中心 A 座 5 樓

定價　港幣 $88　新台幣 $440
國際書號　978-988-74783-3-1
圖書分類　(1)流行文學　(2)小說／散文